U0079201

看到韓文商業書信就頭大嗎？
頭痛了！救星就在這裡！

雅典文化

超 비즈니스 한국어 이메일

實用的
商業
韓文
E-mail

寫韓語書信
讓你一個頭兩個大嗎？
韓語商業E-mail
看這本就對了！

MP3
附40音發音表

中韓對照E-mail範本‧依各種商業狀況分門別類

完整e-mail例文立即應用，另有收錄金融貿易用語

只需「複製」＋「貼上」兩個動作，讓你三分鐘搞定E-mail

各種商用韓語E-mail好用句任君挑選！輕鬆迅速就上手！

還在為書信煩惱嗎？快快拿起本書幫你消除煩惱！

韓文字是由基本母音、基本子音、複合母音、氣音和硬音所構成。

其組合方式有以下幾種：

1.子音加母音，例如：저(我)
2.子音加母音加子音，例如：밤（夜晚）
3.子音加複合母音，例如：위（上）
4.子音加複合母音加子音，例如：관（官）
5.一個子音加母音加兩個子音，如：값（價錢）

簡易拼音使用方式：

1. 為了讓讀者更容易學習發音，本書特別使用「簡易拼音」來取代一般的羅馬拼音。
   規則如下，
   例如：
   그러면 우리 집에서 저녁을 먹자.
   geu.reo.myeon/u.ri/ji.be.seo/jeo.nyeo.geul/meok.jja
   ----------普遍拼音
   geu.ro*.myo*n/u.ri/ji.be.so*/jo*.nyo*.geul/mo*k.jja
   ------------簡易拼音
   那麼，我們在家裡吃晚餐吧！

   文字之間的空格以「/」做區隔。
   不同的句子之間以「//」做區隔。

基本母音： 🎧 Track 002

	韓國拼音	簡易拼音	注音符號
ㅏ	a	a	ㄚ
ㅑ	ya	ya	ㄧㄚ
ㅓ	eo	o*	ㄛ
ㅕ	yeo	yo*	ㄧㄛ
ㅗ	o	o	ㄡ
ㅛ	yo	yo	ㄧㄡ
ㅜ	u	u	ㄨ
ㅠ	yu	yu	ㄧㄨ
ㅡ	eu	eu	(ㄜ)
ㅣ	i	i	ㄧ

特別提示：

1. 韓語母音「ㅡ」的發音和「ㄜ」發音有差異，但嘴型要拉開，牙齒快要咬住的狀態，才發得準。

2. 韓語母音「ㅓ」的嘴型比「ㅗ」還要大，整個嘴巴要張開成「大O」的形狀，
   「ㅗ」的嘴型則較小，整個嘴巴縮小到只有「小o」的嘴型，類似注音「ㄡ」。

3. 韓語母音「ㅕ」的嘴型比「ㅛ」還要大，整個嘴巴要張開成「大O」的形狀，
   類似注音「ㄧㄛ」，「ㅛ」的嘴型則較小，整個嘴巴縮小到只有「小o」的嘴型，類似注音「ㄧㄡ」。

基本子音：

	韓國拼音	簡易拼音	注音符號
ㄱ	g,k	k	ㄎ
ㄴ	n	n	ㄋ
ㄷ	d,t	d,t	ㄊ
ㄹ	r,l	l	ㄌ
ㅁ	m	m	ㄇ
ㅂ	b,p	p	ㄆ
ㅅ	s	s	ㄙ,(ㄒ)
ㅇ	ng	ng	不發音
ㅈ	j	j	ㄗ
ㅊ	ch	ch	ㄘ

特別提示：

1. 韓語子音「ㅅ」有時讀作「ㄙ」的音，有時則讀作「ㄒ」的音。「ㄒ」音是跟母音「ㅣ」搭在一塊時，才會出現。
2. 韓語子音「ㅇ」放在前面或上面不發音；放在下面則讀作「ng」的音，像是用鼻音發「嗯」的音。
3. 韓語子音「ㅈ」的發音和注音「ㄗ」類似，但是發音的時候更輕，氣更弱一些。

氣音：

	韓國拼音	簡易拼音	注音符號
ㅋ	k	k	ㄎ
ㅌ	t	t	ㄊ
ㅍ	p	p	ㄆ
ㅎ	h	h	ㄏ

特別提示:

1. 韓語子音「ㅋ」比「ㄱ」的較重，有用到喉頭的音，音調類似國語的四聲。
   ㅋ＝ㄱ＋ㅎ
2. 韓語子音「ㅌ」比「ㄷ」的較重，有用到喉頭的音，音調類似國語的四聲。
   ㅌ＝ㄷ＋ㅎ
3. 韓語子音「ㅍ」比「ㅂ」的較重，有用到喉頭的音，音調類似國語的四聲。
   ㅍ＝ㅂ＋ㅎ

複合母音：　　　　　　　　🎧 Track 005

	韓國拼音	簡易拼音	注音符號
ㅐ	ae	e*	ㄝ
ㅒ	yae	ye*	一ㄝ
ㅔ	e	e	ㄟ
ㅖ	ye	ye	一ㄟ
ㅘ	wa	wa	ㄨㄚ
ㅙ	wae	we*	ㄨㄝ
ㅚ	oe	we	ㄨㄟ
ㅞ	we	we	ㄨㄟ
ㅝ	wo	wo	ㄨㄛ
ㅟ	wi	wi	ㄨ一
ㅢ	ui	ui	ㄜ一

特別提示：

1. 韓語母音「ㅐ」比「ㅔ」的嘴型大，舌頭的位置比較下面，發音類似「ae」；「ㅔ」的嘴型較小，舌頭的位置在中間，發音類似「e」。不過一般韓國人讀這兩個發音都很像。

2. 韓語母音「ㅒ」比「ㅖ」的嘴型大，舌頭的位置比較下面，發音類似「yae」；「ㅖ」的嘴型較小，舌頭的位置在中間，發音類似「ye」。不過很多韓國人讀這兩個發音都很像。

3. 韓語母音「ㅚ」和「ㅞ」比「ㅙ」的嘴型小些，「ㅙ」的嘴型是圓的；「ㅚ」、「ㅞ」則是一樣的發音。不過很多韓國人讀這三個發音都很像，都是發類似「we」的音。

硬音：

	韓國拼音	簡易拼音	注音符號
ㄲ	kk	g	ㄍ
ㄸ	tt	d	ㄉ
ㅃ	pp	b	ㄅ
ㅆ	ss	ss	ㄙ
ㅉ	jj	jj	ㄗ

特別提示：

1. 韓語子音「ㅆ」比「ㅅ」用喉嚨發重音，音調類似國語的四聲。
2. 韓語子音「ㅉ」比「ㅈ」用喉嚨發重音，音調類似國語的四聲。

*表示嘴型比較大

目錄
contents

第一章 商用韓語E-mail範例集

第二章 商用韓語E-mail好用句

第三章 金融貿易用語

範例參考

받는 이	korea1234@naver.com
제목	샘플을 보내 드리고 싶습니다.
보내는 이	forever5678@ms45.hinet.net

차 과장님, 안녕하세요.

귀사의 무궁한 발전을 기원합니다.

저는 대만 영속무역의 장용강 주임입니다.
저희가 이틀 전에 보내 드린 카탈로그는 잘 보셨습니까?
혹시 저희 제품에 대해 관심이 있으시면 언제든지 알려 주십시오.
즉시 귀사가 원하는 샘플과 해당 자료들을 보내 드리겠습니다. 감사합니다.

그럼 답장을 기다리겠습니다.

6월20일
장용강 드림

範例中譯

收件人	korea1234@naver.com
主旨	我們想寄樣品給您。
寄件人	forever5678@ms45.hinet.net

車課長：

您好！
祝貴公司前景美好！

我是台灣永續貿易的張勇強主任。
我們兩天前寄給您的商品目錄，您看過了嗎？

若您對我們的產品感興趣，請隨時聯絡我們。
我們會立即將貴公司想要的樣品及相關資料寄過去給您。謝謝！

那等候您的回信。

6月20日
張勇強 敬上

商用韓語E-mail基本格式說明

一、主旨

一般在寫商用書信的主旨（標題）時，盡量簡潔明瞭，請盡量以一句話或使用關鍵字，讓收件者一眼就知道信中的重要訊息為何。

…▶ 귀사 제품에 관심이 있어 연락 드립니다.

對貴公司產品有興趣，特此聯繫。

…▶ 귀사와 거래를 희망합니다.

希望與貴公司進行交易。

…▶ 샘플 보내 주셔서 감사합니다.

謝謝您寄樣品過來。

…▶ 가격인하（降價）

…▶ 추가주문（追加商品）

…▶ 선적통지（裝船通知）

二、稱呼

寫收信人的姓名時，必須在名字後方加上「님」，以表示尊敬。若知道收信人的職稱，就在姓氏後方加上職稱，最後再加上「님」。

…▶ 강호동님（江虎東先生）

…▶ 최지우님（崔智友小姐）

…▶ 송 사장님（宋社長）

…▶ 차 부장님（車部長）

三、打招呼

一般的商用書信招呼語，使用안녕하세요?（您好嗎？）即可。

四、寒暄語

寫商務郵件時，可以視情況在內文前加上寒暄語，這樣不但顯得更有禮貌，也有讓讀信者感到心情愉快的功效。

⋯ **귀사의 번창을 기원합니다.**
　　祝貴公司繁榮昌盛！
⋯ **귀사의 사업 번창을 기원합니다.**
　　祝貴公司生意興隆！
⋯ **귀사의 번영을 기원합니다.**
　　祝貴公司繁榮興盛！
⋯ **귀사의 무궁한 발전을 기원합니다.**
　　祝貴公司前景美好！
⋯ **귀사의 일익 번창하심을 기원합니다.**
　　祝貴公司日益繁榮昌盛！

五、署名

寫商務郵件時，可以視情況在最後寫上寄信日期與寄信人姓名。但通常電子郵件會主動標示寄信日期與寄信人，因此一般可不寫。署名時，要記得在名字後方加上「드림（敬上）」以表示尊敬。

超**實用的**
商業**韓文**
E-mail

비즈니스
한국어
이메일

第一章
商用韓語
E-mail 範例集

김 부장님, 안녕하세요.

처음 뵙겠습니다. 저는 A(주)사 영업팀 이종명입니다.
며칠 전에 저희 거래처가 저에게 귀사를 추천해 주셨
습니다. 향후 함께 사업을 해보자 메일을 드립니다.
먼저 저희 회사를 소개하겠습니다.
저희 회사는 화장품을 전문 생산하는 업체입니다. 20
년 동안 사업을 하고 있으며 대만뿐만 아니라 일본,
중국, 홍콩 등 여러 나라와도 거래를 하고 있습니다.
www.forever.com.tw는 저희 회사 홈페이지입니다.
한 번 방문해 보세요. 더 자세한 정보를 보실 수 있으
니 꼭 참고하시길 바랍니다. 저희 회사에 대해 관심이
있으시다면 언제든지 연락 주십시오.

시간 내 주셔서 감사합니다.

2월15일
영속유한공사 드림

金部長：

您好！

初次與您連絡，我是A有限公司營業部的李宗明。幾天前我公司客戶向我推薦了貴公司。希望往後能一起合作，所以特地寄這封Mail給您。

首先，向您介紹一下我們公司。我們公司是專門生產化妝品的企業。到目前為止已有20年了，不只是台灣而已，與日本、中國、香港等國家也有貿易往來。

www.forever.com.tw是我們公司的網站。請您瀏覽看看。可以看到更詳細的信息，請您務必參考看看。若您對我們公司有興趣，請隨時與我聯繫。

謝謝您撥冗閱讀！

2月15日
永續有限公司　敬上

영업	yo*ng.o*p	營業
거래처	go*.re*.cho*	客戶
귀사	gwi.sa	貴公司／貴社
추천하다	chu.cho*n.ha.da	推薦
사업	sa.o*p	事業
화장품	hwa.jang.pum	化妝品
생산하다	se*ng.san.ha.da	生產
업체	o*p.che	企業
방문하다	bang.mun.ha.da	訪問／造訪
정보	jo*ng.bo	情報／信息
참고하다	cham.go.ha.da	參考／參照
유한공사	yu.han.gong.sa	有限公司

相關例句　🎧 Track 009

1 제 소개를 하려고 이메일을 드렸습니다. 저는 진준호라고 합니다.

je/so.ge*.reul/ha.ryo*.go/i.me.i.reul/deu.ryo*t.sseum.ni.da//jo*.neun/jin.jun.ho.ra.go/ham.ni.da

我寄mail給您是想自我介紹，我叫作陳俊豪。

2 당사 상품을 소개 드리고자 메일을 드립니다.

dang.sa/sang.pu.meul/sso.ge*/deu.ri.go.ja/me.i.reul/deu.

rim.ni.da

想向您介紹我公司的產品，所以特地寄這封Mail給您。

3 샘플이나 회사에 관한 자료들을 필요하시면 언제든지
연락 주십시오.

se*m.peu.ri.na/hwe.sa.e/gwan.han/ja.ryo.deu.reul/pi.ryo.
ha.si.myo*n/o*n.je.deun.ji/yo*l.lak/ju.sip.ssi.o

若您需要樣品或我公司的相關資料，請您隨時聯絡我。

4 저희 회사를 소개하고자 이 이메일을 씁니다.

jo*.hi/hwe.sa.reul/sso.ge*.ha.go.ja/i/i.me.il/reul/sseum.ni.da

因為想向您介紹我們公司，所以寫這封Mail給您。

5 저희 회사 상품을 알고 싶으시다면 연락 주시기 바랍니
다.

jo*.hi/hwe.sa/sang.pu.meul/al.go/si.peu.si.da.myo*n/yo*l.
lak/ju.si.gi/ba.ram.ni.da

若您想了解我們公司商品，請聯絡我。

6 더 궁금한 것이 있으시다면 꼭 연락해 주시기 바랍니다.

do*/gung.geum.han/go*.si/i.sseu.si.da.myo*n/gok/yo*l.
la.ke*/ju.si.gi/ba.ram.ni.da

若您還有想了解的，請務必與我聯絡。

이 부장님, 안녕하세요.

제 이름은 진건호입니다. 저는 영속출판사의 주임입니다. 저희는 주로 일상생활에 관한 서적들을 출판하는 회사로 대만 타이페이에 위치하고 있습니다. 얼마 전에 인터넷에서 귀사 책들을 보고 귀사 서적에 관심이 있어서 연락 드립니다. 혹시 저희와 함께 사업을 하시고 싶은 마음이 있으시다면 먼저 귀사 상품 카탈로그를 받아 볼 수 있을까요? 저희가 먼저 카탈로그를 검토한 후에 향후 거래 방안에 대해 의논해 보고 싶습니다. 카탈로그를 forever5678@ms45.hinet.net 로 보내 주세요.
감사합니다.

그럼 회신 기다리겠습니다.

李部長：

您好！

我的名字是陳建豪。我是永續出版社的主任。我公司位於台灣台北，主要出版生活類相關的書籍。不久前在網路上看到貴公司的書籍，對貴公司出版的書籍很感興趣，所以特地來信詢問。若貴公司有意願與我們一起合作，是否可以先向貴公司索取商品目錄呢？我們希望能先了解看看貴公司的商品目錄，再來討論今後的交易方案。請您將商品目錄寄到forever5678@ms45.hinet.net這個電子郵件地址。謝謝您！

那麼，等待您的回信。

출판사	chul.pan.sa	出版社
주임	ju.im	主任
서적	so*.jo*k	書籍
출판하다	chul.pan.ha.da	出版
위치하다	wi.chi.ha.da	位置／位於
인터넷	in.to*.net	網路
상품	sang.pum	商品
카탈로그	ka.tal.lo.geu	（商品）目錄
검토하다	go*m.to.ha.da	檢討／研究
향후	hyang.hu	今後／往後
방안	bang.an	方案
의논하다	ui.non.ha.da	商議／議論

相關例句　🎧 Track 012

1 처음 뵙겠습니다. 저희는 영속이라는 출판사입니다.

cho*.eum/bwep.get.sseum.ni.da//jo*.hi.neun/yo*ng.so.gi.
ra.neun/chul.pan.sa.im.ni.da

初次與您聯繫，我們是名叫永續的出版社。

2 Forever전자의 황미진입니다.

Forever.jo*n.ja.ui/hwang.mi.ji.nim.ni.da

我是Forever電子公司的黃美珍。

28

❸ 저희 회사를 소개해 드리겠습니다.

jo*.hi/hwe.sa.reul/sso.ge*.he*/deu.ri.get.sseum.ni.da

我來介紹一下我們公司。

❹ 저희는 귀사와 함께 사업을 하고 싶습니다. 한 번 만나 보시겠습니까?

jo*.hi.neun/gwi.sa.wa/ham.ge/sa.o*.beul/ha.go/sip.sseum. ni.da//han.bo*n/man.na.bo.si.get.sseum.ni.ga

我們想與貴公司合作，可以見上一面嗎？

❺ 더 자세한 얘기를 나누고 싶습니다. 시간은 언제가 괜찮 으시겠습니까?

do*/ja.se.han/ye*.gi.reul/na.nu.go/sip.sseum.ni.da//si.ga. neun/o*n.je.ga/gwe*n.cha.neu.si.get.sseum.ni.ga

我希望和您多聊一些，您什麼時間方便呢？

❻ 제 이메일은 forever123@hotmail.com입니다. 회신 부 탁드립니다.

je/i.me.i.reun/forever/i.ri.sam/gol.be*ng.i/hotmail/dat/com/ im.ni.da//hwe.sin/bu.tak.deu.rim.ni.da

我的電子信箱是forever123@hotmail.com。等待您的回信。

최 사장님, 안녕하세요.

저는 Forever의 사장 임숙영입니다. 지난 번에 서울
도자기 전시회에서 한 번 본 적이 있는데 기억하실지
모르겠네요. 사실은 저희 회사 제품을 소개 드리기 위
해 이 글을 씁니다. 아시다시피 저희는 대만에서 대량
으로 도자기 제품을 생산하는 회사로 한국 최대 규모
의 도자기 판매 업체인 귀사와 거래를 하고 싶어서 흥
미를 가지실 만한 좋은 제품 자료를 보내 드립니다.
도자기 카탈로그뿐만 아니라 도자기 샘플도 귀사 주
소로 보내 드리겠습니다. 꼭 한 번 검토해 보세요. 질
문 사항이 있으시면 연락 주시기 바랍니다. 감사합니
다.

그럼 연락 부탁드립니다.

崔社長：

您好！

我是Forever的社長林淑英。上次在首爾陶瓷展覽會上與您見過面，不知道您還記不記得？事實上，是為了向您介紹我們公司的產品，所以特地寫這封信給您。如同您所知道的，我們是在台灣大量生產陶瓷製品的公司，因為希望能與韓國最大陶瓷銷售商的貴公司合作，所以寄了貴公司會感興趣的產品資料給您。不只是陶瓷的商品目錄而已，也會寄陶瓷樣品到貴公司住址。請貴公司務必研究看看。若有要詢問的事項，請與我聯絡。謝謝您。

那麼，等待您的聯繫。

지난 번	ji.nan bo*n	上一次
서울	so*.ul	首爾
도자기	do.ja.gi	陶瓷
전시회	jo*n.si.hwe	展示會
기억하다	gi.o*.ka.da	記憶／記住
대량	de*.ryang	大量
규모	gyu.mo	規模
판매	pan.me*	銷售／販賣
흥미	heung.mi	興趣／趣味
샘플	se*m.peul	樣品
주소	ju.so	地址
사항	sa.hang	事項

1 저희는 최고의 품질을 바탕으로 귀사와 거래를 하고 싶습니다.

jo*.hi.neun/chwe.go.ui/pum.ji.reul/ba.tang.eu.ro/gwi.sa.wa/go*.re*.reul/ha.go/sip.sseum.ni.da

我們希望以最好品質為基礎與貴公司進行交易。

2 이것은 저희의 2013년 카탈로그입니다.

i.go*.seun/jo*.hi.ui/i.cho*n.sip.ssam.nyo*n/ka.tal.lo.geu.

im.ni.da

這是我們2013年的商品目錄。

❸ 저희 홈페이지에도 많은 제품 정보가 있습니다. 한 번 방문해 주십시오.

jo*.hi/hom.pe.i.ji.e.do/ma.neun/je.pum/jo*ng.bo.ga/ it.sseum.ni.da//han/bo*n/bang.mun.he*/ju.sip.ssi.o

我們公司網頁上也有很多商品資訊，請您前往查看。

❹ 첨부된 것은 저희의 새로운 카탈로그와 제품에 관한 자료입니다.

cho*m.bu.dwen/go*.seun/jo*.hi.ui/se*.ro.un/ka.tal.lo.geu. wa/je.pu.me/gwan.han/ja.ryo.im.ni.da

附件是我們新的商品目錄和產品的相關資料。

❺ 한 번 검토하시고 질문이 있으면 연락 주세요.

han/bo*n/go*m.to.ha.si.go/jil.mu.ni/i.sseu.myo*n/yo*l.lak/ ju.se.yo

研究過後，若有疑問請與我聯繫。

임 사장님, 안녕하세요.

먼저 귀사의 무궁한 발전을 진심으로 기원합니다.

귀사가 보내신 카탈로그를 잘 받았습니다. 저희도 귀
사와 업무관계를 맺고 싶습니다. 저희가 검토한 결과
는 24번과 120번 제품에 대한 흥미가 높습니다. 해당
제품의 자세한 설명과 샘플을 받고 싶습니다. 가능한
한 빠른 시일 내에 저에게 샘플을 보내 주시면 매우
감사하겠습니다.

회신 부탁드립니다.

林社長，您好！

首先，祝貴公司永遠昌盛！

貴公司寄來的目錄已經收到了，我們也希望和貴公司締結業務關係。我們研究的結果是對24號和120號產品有高度興趣。想索取該產品的詳細說明與樣品。若貴公司能盡快將樣品送來，我們會很感謝。

等待您的回信。

보내다	bo.ne*.da	寄送
저희	jo*.hi	我們（우리的謙語）
업무관계	o*m.mu.gwan.gye	業務關係
맺다	me*t.da	締結／建立
결과	gyo*l.gwa	結果
제품	je.pum	製品／產品
높다	nop.da	高／大
해당	he*.dang	有關／相關
설명	so*l.myo*ng	說明
빠르다	ba.reu.da	快／早
매우	me*.u	非常
회신	hwe.sin	回信

1 귀사의 카탈로그에 있는 234번 제품에 대한 정보를 얻고 싶습니다.

gwi.sa.ui/ka.tal.lo.geu.e/in.neun/i.be*k.ssam.sip.ssa.bo*n/
je.pu.me/de*.han/jo*ng.bo.reul/o*t.go/sip.sseum.ni.da

希望可以索取貴公司目錄中的234號產品的相關情報。

2 저에게 A-76제품의 샘플을 보내 주시겠습니까?

jo*.e.ge/A.chi.ryuk/je.pu.mui/se*m.peu.reul/bo.ne*/ju.si.get.

sseum.ni.ga

可否寄給我A-76產品的樣品呢？

❸ 샘플들을 좀 자세히 봐도 될까요?

se*m.peul.deu.reul/jjom/ja.se.hi/bwa.do/dwel.ga.yo

可以讓我仔細看一下你們的樣品嗎？

❹ 더 많은 정보가 필요합니다.

do*/ma.neun/jo*ng.bo.ga/pi.ryo.ham.ni.da

我需要更多的信息。

❺ 보내 주신 제품 목록을 봤습니다. T-123번 제품의 성능 과 디자인에 대해 더 자세히 알아보고 싶습니다.

bo.ne*/ju.sin/je.pum/mong.no.geul/bwat.sseum.ni.da//T.i.ri.
sam.bo*n/je.pu.mui/so*ng.neung.gwa/di.ja.i.ne/de*.he*/
do*/ja.se.hi/a.ra.bo.go/sip.sseum.ni.da

已經看過您寄來的產品目錄。希望可以再進一步了解
T-123號產品的性能與設計。

강 부장님, 안녕하세요.

저희 제품에 관심을 가져 주셔서 매우 감사합니다. 귀
사가 요청하신 카탈로그와 해당 샘플들을 바로 보내
드리겠습니다. 그리고 제품 애용자들의 추천이 담긴
책자도 함께 보내 드립니다. 관심을 가지실 제품이 있
는지 살펴보시기 바랍니다. 기타 궁금한 사항이 있으
시면 언제든지 연락 주십시오. 감사합니다.

회신 기다리겠습니다.

姜部長：

您好！

感謝您對我們公司產品的關注。貴公司要求的商品目錄及相關樣品將馬上為您寄出。還有，產品愛用者們的推薦手冊也會一起寄出。希望貴公司看看是否有感興趣的產品。若有其他想了解的事項，請隨時與我聯繫。謝謝您。

等候您的回信。

관심을 가지다	gwan.si.meul/ga.ji.da	關注／關心
매우	me*.u	非常／很
요청하다	yo.cho*ng.ha.da	請求／要求
바로	ba.ro	馬上／立刻
애용자	e*.yong.ja	愛用者
담기다	dam.gi.da	裝／內含
책자	che*k.jja	手冊／書冊
살펴보다	sal.pyo*.bo.da	查看／觀察
기타	gi.ta	其他
궁금하다	gung.geum.ha.da	想知道／好奇
연락	yo*l.lak	聯絡／聯繫
기다리다	gi.da.ri.da	等待／等候

相關例句　　🎧 Track 021

1 저희의 새로운 카탈로그를 보내 드립니다.

jo*.hi.ui/se*.ro.un/ka.tal.lo.geu.reul/bo.ne*/deu.rim.ni.da

寄給您我們公司新的商品目錄。

2 메일을 보내 주셔서 매우 감사합니다.

me.i.reul/bo.ne*/ju.syo*.so*/me*.u/gam.sa.ham.ni.da

非常感謝您特地寄來郵件。

❸ 보내신 메일 잘 받았습니다. 첨부된 것은 카탈로그와 제품에 대한 설명입니다.

bo.ne*.sin/me.il/jal/ba.dat.sseum.ni.da//cho*m.bu.dwen/
go*.seun/ka.tal.lo.geu.wa/je.pu.me/de*.han/so*l.myo*ng.
im.ni.da

已經收到您的郵件。附件是商品目錄與產品的相關説明。

❹ 시간 있으실 때 저희 신제품을 한 번 검토해 보시고 관심 가는 제품을 알려 주십시오.

si.gan/i.sseu.sil/de*/jo*.hi/sin.je.pu.meul/han/bo*n/go*m.
to.he*/bo.si.go/gwan.sim/ga.neun/je.pu.meul/al.lyo*/ju.sip.
ssi.o

您有空閒時，請參考看看我們的新產品，並告知我們貴公司感興趣的產品為何。

❺ 많은 지도 부탁드립니다.

ma.neun/ji.do/bu.tak.deu.rim.ni.da

請多多指教。

김 부장님, 안녕하세요.

보내 주신 자료와 샘플들이 오늘 도착했습니다. 검토한 결과 귀사의 제품이 다른 회사의 제품보다 성능이 더 좋다고 봅니다. 최소 주문량과 가격을 알려 주세요. 가격이 적당하면 한국에 가서 귀사를 한 번 방문하고 싶습니다. 제품을 생산하는 공장도 구경하고 향후 거래 사항도 함께 상의하고 싶습니다. 감사합니다.

그럼 빠른 답변 부탁 드립니다.

金部長：

您好！

您寄來的資料和樣品今天已經送達了。我們研究的結果，認為貴公司的產品比其他公司產品的性能更為優秀。請告知最低訂貨量與價格。若價格適當，希望能前往韓國拜訪貴公司。希望可以參觀製造產品的工廠，也想與您一同商議今後的交易事項。謝謝您！

那麼，請您盡快回覆。

자료	ja.ryo	資料
도착하다	do.cha.ka.da	抵達／到達
성능	so*ng.neung	性能
최소	chwe.so	最少／最低
주문	ju.mun	訂購／預定
가격	ga.gyo*k	價格
적당하다	jo*k.dang.ha.da	適當／合適
방문하다	bang.mun.ha.da	造訪／拜訪
공장	gong.jang	工廠
구경하다	gu.gyo*ng.ha.da	參觀／觀看
상의하다	sang.ui.ha.da	商議／商談
답변	dap.byo*n	回覆／答覆

相關例句　🎧 Track 024

1 샘플 보내 주셔서 감사합니다.

se*m.peul/bo.ne*/ju.syo*.so*/gam.sa.ham.ni.da

感謝您寄樣品過來。

2 보내 주신 자료와 샘플의 검사를 이미 마쳤습니다.

bo.ne*/ju.sin/ja.ryo.wa/se*m.peu.rui/go*m.sa.reul/i.mi/

ma.cho*t.sseum.ni.da

您寄來的資料和樣品我們已經檢查完畢。

❸ 언제 방문하면 좋을까요?

o*n.je/bang.mun.ha.myo*n/jo.eul.ga.yo

我什麼時候能去拜訪您？

❹ 가능하면 귀사를 방문해 더 자세한 거래 방안을 의논하고 싶습니다.

ga.neung.ha.myo*n/gwi.sa.reul/bang.mun.he*/do*/ja.se.

han/go*.re*/bang.a.neul/ui.non.ha.go/sip.sseum.ni.da

可以的話，希望可以拜訪貴公司一起討論更詳細的交易方案。

❺ 머지 않은 미래에 귀사와 함께 거래를 할 수 있는 기회가 있을 것이라 믿습니다.

mo*.ji/a.neun/mi.re*.e/gwi.sa.wa/ham.ge/go*.re*.reul/hal/

ssu/in.neun/gi.hwe.ga/i.sseul/go*.si.ra/mit.sseum.ni.da

相信在不久的未來一定會有機會與貴公司進行交易。

한 부장님, 안녕하세요.

보내 주신 자료와 샘플을 잘 받았습니다. 저희가 귀사의 제품을 아주 만족스럽고 마음에 듭니다. 귀사와 거래 가능성이 있을 거라 생각되어 이 제품에 대한 가격도 알아보고 싶습니다. 낱개의 가격도 알고 싶고 대량으로 주문할 때의 할인 가격도 알고 싶습니다. 그리고 같은 성능으로 다른 디자인 제품도 있는지 알아보고 싶습니다.

가능하다면 빠른 답변 부탁 드립니다.

韓部長：

您好！

您寄來的資料和樣品已經收到了。我們非常滿意貴公司的產品。我們認為有與貴公司進行交易的可能性，因此想了解這個產品的價格。想知道單買的價格，以及大量訂購時會有多少折扣。還有，想了解是否還有相同性能但不同設計的產品呢？

可以的話，請盡快回覆。

부장	bu.jang	部長
받다	bat.da	收到／領取
만족스럽다	man.jok.sseu.ro*p.da	滿意／滿足
마음에 들다	ma.eu.me/deul.da	喜歡
가능성	ga.neung.so*ng	可能性
생각되다	se*ng.gak.dwe.da	認為／想
낱개	nat.ge*	單個
알다	al.da	知道
할인	ha.rin	折扣
같다	gat.da	相同／一樣
디자인	di.ja.in	設計
알아보다	a.ra.bo.da	了解／打聽

相關例句　　🎧 Track 027

1 노트북 D-876의 현재 가격에 대해 알 수 있을까요?

no.teu.buk/D.pal.chi.ryu.gui/hyo*n.je*/ga.gyo*.ge/de*.he*/
al/ssu/i.sseul.ga.yo

想了解筆記型電腦D-876目前的價格為何？

2 대량으로 주문하려고 합니다. 최저 가격을 알려 주시면
매우 감사하겠습니다.

de*.ryang.eu.ro/ju.mun.ha.ryo*.go/ham.ni.da//chwe.jo*/

ga.gyo*.geul/al.lyo*/ju.si.myo*n/me*.u/gam.sa.ha.get.

sseum.ni.da

我們想大量訂購，若可以告知最低價格，將感激不盡。

❸ 이 몇 가지 제품들은 저희 요구에 부합하는 것으로 판단 됐습니다.

i/myo*t/ga.ji/je.pum.deu.reun/jo*.hi/yo.gu.e/bu.ha.pa.neun/

go*.seu.ro/pan.dan.dwe*t.sseum.ni.da

我們認為這幾樣產品符合我們的要求。

❹ 귀사의 몇 가지 제품은 대만 시장에 적합한 것으로 판단 되니 견적서를 받고 싶습니다.

gwi.sa.ui/myo*t/ga.ji/je.pu.meun/de*.man/si.jang.e/jo*.

ka.pan/go*.seu.ro/pan.dan.dwe.ni/gyo*n.jo*k.sso*.reul/bat.

go/sip.sseum.ni.da

我們認為貴公司的幾樣產品很符合台灣的市場，因此希望 得到報價單。

❺ 단가 뿐만 아니라 제품 구매 및 A/S문제도 알고 싶습니다.

dan.ga/bun.man/a.ni.ra/je.pum/gu.me*/mit/AS.mun.je.do/

al.go/sip.sseum.ni.da

不只是產品的單價，我們也想知道產品購買及售後服務的 問題。

박 사장님, 안녕하세요.

우선, 저희 제품에 만족하신다니 감사 드립니다. 첨부된 것은 X-34와 F-96의 견적서입니다. 날개 가격과 대량 주문의 가격이 모두 나와 있습니다. 보시다시피 작년보다 가격이 많이 내렸고 100개 이상의 주문에 대해서는 8%의 할인을 제공하고 있습니다. 그럼 주문하시려면 알려 주십시오.

다시 한 번 감사 드립니다.

朴社長：

您好！

首先，感謝您滿意我們公司的產品。附件是X-34和F-96的報價單。上面已將單買價和大量訂購價都標示出來了。如您所見，價格已比去年降低許多，並且若訂購100個以上，會提供8%的折扣。那麼，若您要訂貨，請告知我。

再次感謝您！

우선	u.so*n	首先
첨부되다	cho*m.bu.dwe.da	附上／附加
모두	mo.du	全部
나오다	na.o.da	出來
작년	jang.nyo*n	去年
많이	ma.ni	多
내리다	ne*.ri.da	下降／下跌
개	ge*	（一）個
이상	i.sang	以上
대하다	de*.ha.da	對於／針對
제공하다	je.gong.ha.da	提供
다시	da.si	再次

1 가격에 대한 다른 질문이 있으시면 알려 주십시오.

ga.gyo*.ge/de*.han/da.reun/jil.mu.ni/i.sseu.si.myo*n/
al.lyo*/ju.sip.ssi.o

若您對價格有其他疑問，請告知我。

2 500개 이상은 10% 할인해 드립니다.

o.be*k.ge*/i.sang.eun/sip.po*.sen.teu/ha.rin.he*/deu.rim.ni.da

訂購500個以上會折扣10%給您。

❸ 첨부된 것은 요청하신 견적서입니다.

cho*m.bu.dwen/go*.seun/yo.cho*ng.ha.sin/gyo*n.jo*k.sso*.
im.ni.da

附件是您要求的報價單。

❹ 저희에게 연락 주신 것 감사 드립니다.

jo*.hi.e.ge/yo*l.lak/ju.sin/go*t/gam.sa/deu.rim.ni.da

感謝您連絡我們。

❺ 주문량에 따라 더 많은 할인을 제공할 수 있습니다.

ju.mul.lyang.e/da.ra/do*/ma.neun/ha.ri.neul/jje.gong.hal/
ssu/it.sseum.ni.da

根據訂購量的多寡,可能會再提供更多的優惠。

이 사장님, 안녕하세요.

보내 주신 견적서를 잘 받아보았습니다. 정말 귀사와
무역 관계가 성립되기를 바랐는데 귀사가 요구한 가
격과 저희가 생각한 가격 차이가 너무 큽니다. 저희가
귀사 제품을 대량으로 구매할 생각이니 가격을 인하
할 가능성은 없습니까? 5%정도 할인을 주실 수 있었
으면 좋겠습니다. 가능한 조건이라면 연락 주시기 바
랍니다.

회신 부탁 드립니다.

還價——中譯

李社長：

您好！

您寄過來的報價單已經看過了。我們很希望能與貴公司建立貿易關係，但貴公司所要求的價格與我們所希望的價格相差太大了。我們打算大量購買貴公司的產品，是否有降低價格的可能性呢？希望可以給我們5%左右的折扣。若貴公司願意，請與我聯繫。

期待您的回信。

무역 관계	mu.yo*k/gwan.gye	貿易關係
성립되다	so*ng.nip.dwe.da	成立／成交
요구하다	yo.gu.ha.da	要求／索取
차이	cha.i	差異／差別
크다	keu.da	大
구매하다	gu.me*.ha.da	購買
인하하다	in.ha.ha.da	降低／減低
가능하다	ga.neung.ha.da	可能／可以
조건	jo.go*n	條件
회신	hwe.sin	回信／回覆
부탁드리다	bu.tak.deu.ri.da	拜託／請求

相關例句　　🎧 Track 033

1 이 제품은 부르는 값이 너무 높습니다.

i/je.pu.meun/bu.reu.neun/gap.ssi/no*.mu/nop.sseum.ni.da

這產品你們要價太高了。

2 견적가가 너무 높아 유감입니다.

gyo*n.jo*k.ga.ga/no*.mu/no.pa/yu.ga.mim.ni.da

很遺憾你們報的價格太高了。

❸ 이 견적가는 다른 곳보다 훨씬 더 비쌉니다.

i/gyo*n.jo*k.ga.neun/da.reun/got.bo.da/hwol.sin/do*/
bi.ssam.ni.da

這個報價比其他地方還要高。

❹ 견적가가 좀 더 낮기를 바랍니다.

gyo*n.jo*k.ga.ga/jom/do*/nat.gi.reul/ba.ram.ni.da

我們希望報價可以再低一些。

**❺ 저희가 원하는 가격에 근접한 가격으로 거래가 성사되
기를 바랍니다.**

jo*.hi.ga/won.ha.neun/ga.gyo*.ge/geun.jo*.pan/ga.gyo*.geu.
ro/go*.re*.ga/so*ng.sa.dwe.gi.reul/ba.ram.ni.da

希望以接近我們想要的報價來達成交易。

홍 부장님, 안녕하세요.

다시 답장 주셔서 감사 드립니다. 요즘 제조 원가가
많이 올라서 저희가 할인을 더 드리고 싶어도 못 드릴
것 같습니다. 5% 할인을 드릴 수 없지만
저희 제품은 다른 곳 제품보다 절대적으로 경쟁력이
강하다고 장담할 수 있습니다. 이해해 주시고 다시 한
번 생각해 보시길 바랍니다. 감사합니다.

회신 기다리겠습니다.

洪部長：

您好！

感謝您的再次回信。由於最近製造成本上漲許多，即使想多給您一些折扣，恐怕也辦不到。雖然我們無法給貴公司5%的折扣，但可以向您保證我們的產品絕對比別的地方的產品更俱競爭力。希望您能諒解，並再次考慮看看。謝謝您！

等候您的回信。

요즘	yo.jeum	最近
제조	je.jo	製造
원가	won.ga	成本／原價
오르다	o.reu.da	上升／上漲
드리다	deu.ri.da	給／呈
곳	got	地方／場所
절대적	jo*l.de*.jo*k	絕對的
경쟁력	gyo*ng.je*ng.nyo*k	競爭力
강하다	gang.ha.da	強／強大
장담하다	jang.dam.ha.da	敢說／打包票
이해하다	i.he*.ha.da	理解／諒解
생각하다	se*ng.ga.ka.da	思考／想

相關例句 　　Track 036

1 이 가격은 저희가 귀사에 드릴 수 있는 최저 가격입니다.

i/ga.gyo*.geun/jo*.hi.ga/gwi.sa.e/deu.ril/su/in.neun/chwe.jo*/ga.gyo*.gim.ni.da

這個價格是我們可以給貴公司的最低價格。

2 현재 저희는 어떤 가격 변동도 불가능합니다.

hyo*n.je*/jo*.hi.neun/o*.do*n/ga.gyo*k/byo*n.dong.do/bul.ga.neung.ham.ni.da

目前我們無法做任何的價格變動。

③ 500개 이하의 주문에 10%정도의 할인을 드릴 수 없습니다.

o.be*k.ge*/i.ha.ui/ju.mu.ne/sip.po*.sen.teu.jo*ng.do.ui/

ha.ri.neul/deu.ril/su/o*p.sseum.ni.da

低於500個以內的訂購量，我們無法提供10%的折扣。

④ 정말 8% 이상은 할인해 드릴 수 없습니다.

jo*ng.mal/pal.po*.ssen.teu/i.sang.eun/ha.rin.he*/deu.ril/su/

o*p.sseum.ni.da

我們真的無法提供超過8%的折扣。

⑤ 유감스럽지만 저희는 더 이상은 가격을 낮출 수 없을 것 같습니다.

yu.gam.seu.ro*p.jji.man/jo*.hi.neun/do*/i.sang.eun/ga.gyo*.

geul/nat.chul/su/o*p.sseul/go*t/gat.sseum.ni.da

很遺憾，我們似乎無法再降價了。

황 부장님, 안녕하세요.

이번이 우리의 첫 거래이고 저희도 이 기회를 통해서
한국으로 시장을 넓히고 싶으니 요구하신 대로 5%정
도 할인해 드리겠습니다. 그러나 조건 하나가 있습니
다. 최소 주문량은 반드시 1000세트 이상입니다. 그
럼 최종 결단을 내리시면 즉시 연락 주십시오. 거래가
순조롭게 성사되길 바랍니다.

회신 부탁 드립니다.

黃部長：

您好！

這次是我們第一次交易，而且我們也希望透過這次的機會將市場拓張到韓國，因此願意滿足貴公司所要求的5%折扣。但我們有一個條件。最低訂貨量一定要有1000組。那麼，若您做好最終決定，請立即告知我。希望交易能順利成功。

盼您的回覆。

첫	cho*t	第一次／首次
기회	gi.hwe	機會
넓히다	no*p.hi.da	擴大／加寬
조건	jo.go*n	條件
최소	chwe.so	最小／最低
반드시	ban.deu.si	一定／務必
세트	se.teu	（一）套／（一）組
최종	chwe.jong	最終／最後
결단	gyo*l.dan	決斷／斷定
내리다	ne*.ri.da	下（決定）
즉시	jeuk.ssi	立即／馬上
순조롭다	sun.jo.rop.da	順利

相關例句　　◯ Track 039

1 1000개 이상 주문하시면 가격을 더 낮춰 드리겠습니다.
cho*n.ge*/i.sang/ju.mun.ha.si.myo*n/ga.gyo*.geul/do*/nat.
chwo/deu.ri.get.sseum.ni.da
如果訂購一千個以上，我們可以再降低價格。

2 대량 구매하시면 가격은 다시 의논할 수 있습니다.
de*.ryang/gu.me*.ha.si.myo*n/ga.gyo*.geun/da.si/ui.non.
hal/ssu/it.sseum.ni.da

如果您大量訂購，價格可以再談。

3 500개 정도의 많은 주문이면 확실하게 가격을 인하해 드릴 수 있습니다.

o.be*k.ge*/jo*ng.do.ui/ma.neun/ju.mu.ni.myo*n/hwak.ssil.
ha.ge/ga.gyo*.geul/in.ha.he*/deu.ril/su/it.sseum.ni.da

若是約500個左右的高訂貨量，我們確實可以降低價格。

4 양사의 오랜 양호한 업무 관계를 감안해 귀사가 원하시는 가격에 맞춰 드리겠습니다.

yang.sa.ui/o.re*n/yang.ho.han/o*m.mu/gwan.gye.reul/
ga.man.he*/gwi.sa.ga/won.ha.si.neun/ga.gyo*.ge/mat.chwo/
deu.ri.get.sseum.ni.da

考慮到雙方長久以來的良好業務關係，我們願意滿足貴公司所要求的價格。

5 첫 거래 감사 드립니다.

cho*t/go*.re*/gam.sa/deu.rim.ni.da

雙方首次的交易，要感謝您！

정 부장님, 안녕하세요.

가격을 인하해 주셔서 감사 드립니다. 저희는 주문을
할 준비가 되었습니다. B-532의 제품을 1200개 주문
하고 싶습니다. 다음 달 5일까지 주문 상품을 받았으
면 좋겠습니다. 확실히 배송되는 날짜를 알려 주십시
오. 귀사가 상품을 준비해 주시는 즉시 비용을 지불하
겠습니다. 감사합니다.

문제가 있다면 연락 주시기 바랍니다.

鄭部長：

您好！

感謝您願意降低價格。我們已準備好要訂貨了。B-532
的產品我們想訂1200個。希望在下個月五日前拿到
貨。請告知確切可以出貨的日期。當貴公司準備好貨
物，我們將會立即付款。謝謝您。

若有問題，請與我聯繫。

준비	jun.bi	準備
다음 달	da.eum/dal	下個月
일	il	日／天
주문 상품	ju.mun/sang.pum	訂購商品
확실히	hwak.ssil.hi	確切地
배송되다	be*.song.dwe.da	配送／送貨
날짜	nal.jja	日期
즉시	jeuk.ssi	立刻／馬上
비용	bi.yong	費用
지불하다	ji.bul.ha.da	支付
문제	mun.je	問題

相關例句　　　∩ Track 042

1 저희는 V-237 450개를 원합니다.

jo*.hi.neun/V.i.sam.chil/sa.be*.go.sip.ge*.reul/won.ham.ni.da

我們要訂V-237的產品450個。

2 이번 달까지 받을 수 있을까요? 가능한지 알아봐 주십시오.

i.bo*n/dal.ga.jji/ba.deul/ssu/i.sseul.ga.yo//ga.neung.han.ji/
a.ra.bwa/ju.sip.ssi.o

請問在這個月以前可以拿到貨嗎?煩請了解看看是否可行?

❸ G-92의 품질과 가격에 대해 만족하고 있으므로 2000개를 주문하고 싶습니다.

G.gu.i/ui/pum.jil.gwa/ga.gyo*.ge/de*.he*/man.jo.ka.go/
i.sseu.meu.ro/i.cho*n.ge*.reul/jju.mun.ha.go/sip.sseum.ni.da

我們對G-92的品質和價格感到很滿意,希望能訂購2000個。

❹ 이번에 저희는 200상자를 주문하겠습니다.

i.bo*.ne/jo*.hi.neun/i.be*k.ssang.ja.reul/jju.mun.ha.get.
sseum.ni.da

這次我們要訂200箱。

❺ 혹시 문제가 있으면 바로 연락 주세요.

hok.ssi/mun.je.ga/i.sseu.myo*n/ba.ro/yo*l.lak/ju.se.yo

如有問題,請立即與我們聯繫。

공 사장님, 안녕하세요.

첫 번째 오더를 드리기 위해 이 글을 씁니다. F-96의
제품을 500개 주문할 수 있을까요? 첫 주문이라 주문
수량은 많지 않습니다. 이 제품은 대만에서 잘 팔리면
향후 주문 수량을 점차 늘리겠습니다. 그리고 좀 급하
니 운송을 서둘러 처리해 주십시오. 다른 저희가 처리
해야 하는 것이 있으면 알려 주시기 바랍니다. 감사합
니다.

제품 번호 : F-96
수량 : 500개
도착항 : CIF 지룽

메일 받으시면 연락 주십시오.

孔社長：

您好！

寫這封信是為了給您下第一份訂單。是否可以向您訂
F-96的產品500個呢？因為是第一次訂購，所以訂貨量
不多。若這樣產品在台灣銷售得好，以後的訂貨量會
逐漸增加。由於貨物較急，請您盡快處理貨物配送事
宜。若有其他我們該做的事，請告知。謝謝您。

產品編號：F-96
數量：500個
交貨港：CIF基隆

收到郵件煩請與我聯繫。

첫 번째	cho*t/bo*n.jje*	第一次
오더	o.do*	訂貨
대만	de*.man	台灣
점차	jo*m.cha	漸次／逐步
늘리다	neul.li.da	增加／提高
급하다	geu.pa.da	急迫／急切
운송	un.song	運送／運輸
서두르다	so*.du.reu.da	趕緊／趕忙
처리하다	cho*.ri.ha.da	處理
지룽	ji.rung	基隆
번호	bo*n.ho	號碼／編號
도착항	do.cha.kang	目地港／交貨港

相關例句　🎧 Track 045

1 저희는 본 제품을 15만 야드 주문하려고 합니다.

jo*.hi.neun/bon/je.pu.meul/ssi.bo.man/ya.deu/ju.mun.

ha.ryo*.go/ham.ni.da

這樣產品我們要訂購十五萬碼。

2 첫 주문을 드리게 되어 무척 기쁩니다.

cho*t/ju.mu.neul/deu.ri.ge/dwe.o*/mu.cho*k/gi.beum.ni.da

第一次向貴公司訂貨，我們很高興。

3 최소 주문량에 대한 제한이 있습니까?

chwe.so/ju.mul.lyang.e/de*.han/je.ha.ni/it.sseum.ni.ga

有最低訂購量的限制嗎？

4 언제 납품하시겠습니까?

o*n.je/nap.pum.ha.si.get.sseum.ni.ga

貴公司何時能交貨？

5 20일까지 받아야 하기 때문에 빨리 선적해 주십시오.

i.si.bil.ga.ji/ba.da.ya/ha.gi/de*.mu.ne/bal.li/so*n.jo*.ke*/
ju.sip.ssi.o

由於20號以前必須拿到貨，請您盡快裝船出貨。

6 가장 빨리 배송을 받을 수 있는 날짜를 알려 주십시오.

ga.jang/bal.li/be*.song.eul/ba.deul/ssu.in.neun/nal.jja.reul/
al.lyo*/ju.sip.ssi.o

請告知最快可以取貨的日期。

권 부장님, 안녕하세요.

2월 19일자 귀사의 주문 메일을 잘 받았습니다. 양사의 첫 거래가 성사되어 매우 기쁩니다. F-96 제품은 현재 재고가 많습니다. 삼일 안에 선적이 가능하니 원하시는 날짜에 받으실 수 있습니다. 다른 요구하는 것이 없으시면 바로 주문서를 처리해 드리겠습니다. 물론 화물을 준비하는 기간에 질문이 있으시면 언제든지 다음 전화 번호로 연락하셔도 됩니다.

주문해 주셔서 감사합니다.

Tel : 00-0000-0000

權部長:

您好!

我們已收到貴公司2月19日的訂貨郵件。很高興雙方的第一次交易能圓滿成功。F-96的產品目前庫存量很多。三日內可以裝船出貨,您將可以在希望的日期內取貨。若您沒有其他的要求,我們將立即處理貴公司的訂單。當然,在我們準備貨物的期間裡,若您有任何疑問,可以隨時以以下的電話與我聯繫。

感謝貴公司的訂貨。

Tel:00-0000-0000

일자	il.ja	日期／日子
매우	me*.u	很／十分
현재	hyo*n.je*	目前
재고	je*.go	庫存
삼일	sa.mil	三日／三天
안	an	內
주문서	ju.mun.so*	訂貨單
물론	mul.lon	當然／不用説
화물	hwa.mul	貨物
기간	gi.gan	期間
다음	da.eum	下面／下次
전화 번호	jo*n.hwa/bo*n.ho	電話號碼

相關例句　⌢ Track 048

1 4월 5일 457번 제품 500상자의 주문에 감사 드립니다.

sa.wol/o.il/sa.be*.go.sip.chil.bo*n/je.pum/o.be*k.ssang.ja.ui/
ju.mu.ne/gam.sa/deu.rim.ni.da

感謝貴公司4月5日457號產品五百箱的訂單。

2 화물을 받으시면 반드시 만족하시리라 믿습니다.

hwa.mu.reul/ba.deu.si.myo*n/ban.deu.si/man.jo.ka.si.ri.ra/
mit.sseum.ni.da

相信貴公司收到貨物後，一定會很滿意。

❸ 화물을 받으시면 즉시 지불금을 저희 은행 계좌에 입금해 주시기 바랍니다.

hwa.mu.reul/ba.deu.si.myo*n/jeuk.ssi/ji.bul.geu.meul/jjo*.hi/eun.he*ng/gye.jwa.e/ip.geum.he*/ju.si.gi/ba.ram.ni.da

貴公司收到物品後，請立即將款項匯入我們的銀行帳戶。

❹ 주문하신 제품은 반드시 원하신 날짜에 보내 드릴테니 걱정 하지 않으셔도 됩니다.

ju.mun.ha.sin/je.pu.meun/ban.deu.si/won.ha.sin/nal.jja.e/bo.ne*/deu.ril.te.ni/go*k.jjo*ng/ha.ji/a.neu.syo*.do/dwem.ni.da

貴公司訂的產品必定在要求的日期出貨，不需擔心。

❺ 예정 출하일은 3월초가 될 것 같습니다.

ye.jo*ng/chul.ha.i.reun/sa.mwol.cho.ga/dwel/go*t/gat.sseum.ni.da

預定發貨日期應該在三月初。

나 사장님, 안녕하세요.

두 달 전에 주문했던 립스틱(제품번호 G-765)은 대만에서의 판매가 좋아 5000개를 더 추가 주문하려고 합니다. 가능할까요? 가격은 지난 번 거래와 동일합니다. 현재 각 매장에 남은 수량이 많지 않은 관계로 혹시 가능하다면 서둘러 선적해 주십시오. 최대한 빠른 답변 부탁 드립니다. 감사합니다.

다음 연락처로 연락 주십시오.

Tel : 00-0000-0000

羅社長：

您好！

兩個月前所訂的口紅（產品編號G-765）在台灣銷售情況良好，希望能再追加5000個。不知是否可行？價格和上次的交易相同。由於目前各賣場的存貨不多，如可以的話，請盡快裝船出貨。煩請盡快給予答覆。謝謝您。

請以下列連絡方式與我聯繫。

Tel：00-0000-0000

두 달	du dal	兩個月
립스틱	rip.sseu.tik	口紅
판매	pan.me*	銷售／販賣
추가 주문	chu.ga/ju.mun	追加訂貨
지난 번	ji.nan/bo*n	上一次
동일하다	dong.il.ha.da	同一／相同
각	gak	各／每
매장	me*.jang	賣場
남다	nam.da	剩餘／剩下
혹시	hok.ssi	如果
최대한	chwe.de*.han	最大限度地
연락처	yo*l.lak.cho*	聯絡方式

相關例句　∩ Track 051

1 제품이 잘 팔려 500개 더 추가 주문하고 싶습니다.

je.pu.mi/jal/pal.lyo*/o.be*k.ge*/do*/chu.ga/ju.mun.ha.go/
sip.sseum.ni.da

產品賣得很好，希望再追加500個。

2 1200상자를 추가 주문하니 즉시 보내 주시기 바랍니다.

cho*.ni.be*k.ssang.ja.reul/chu.ga/ju.mun.ha.ni/jeuk.ssi/
bo.ne*/ju.si.gi/ba.ram.ni.da

我們要追加1200箱，請立即出貨。

❸ 대만에서 T-098에 대한 고객들의 반응이 매우 좋아 추가 주문하려고 합니다.

de*.ma.ne.so*/T.gong.gu.pa.re/de*.han/go.ge*k.deu.rui/
ba.neung.i/me*.u/jo.a/chu.ga/ju.mun.ha.ryo*.go/ham.ni.da

由於台灣顧客對T-098的反應相當不錯，我們打算進行追加訂貨。

❹ 제품번호 G-541의 운동화는 재고가 있습니까? 현재 시장의 수요를 만족시키지 못해 급히 추가 주문합니다.

je.pum.bo*n.ho/G.o.sa.i.rui/un.dong.hwa.neun/je*.go.ga/
it.sseum.ni.ga/hyo*n.je*/si.jang.ui/su.yo.reul/man.jok.ssi.
ki.ji/mo.te*/geu.pi/chu.ga/ju.mun.ham.ni.da

產品標號G-541的運動鞋還有庫存嗎？由於目前無法滿足市場的需要，所以緊急提出追加要求。

❺ 대금은 물건을 받는 즉시 지불하겠습니다.

de*.geu.meun/mul.go*.neul/ban.neun/jeuk.ssi/ji.bul.ha.get.
sseum.ni.da

款項會在我們收到物品後馬上支付給您。

백 사장님, 안녕하세요.

죄송하지만 이번 R-954 제품의 주문을 최소해야 할 것 같습니다. 어제 저희 거래처가 갑자기 주문을 취소했기 때문에 저희는 500개의 추가 제품이 필요하지 않게 되었습니다. 이에 대한 불편을 끼쳐 드린 점 사과 드립니다. 저희 측에서 또 다른 거래처가 이 제품을 원하시면 다시 주문을 할 것입니다. 모든 주문 비용을 아래 계좌로 입금해 주시기 바랍니다.

이해해 주셔서 감사합니다.

계좌 번호 : 0000-0000

白社長：

您好！

對不起，這次R-954產品的訂單，可能要取消了。由於昨天我們的客戶突然取消訂貨，導致我們不再需要這500個的追加商品。對此造成貴公司的不便，在這裡向您道歉。若我方又有客戶喜歡這項產品，我們會再度向貴公司訂貨。請貴公司將所有訂單費用匯入以下的帳號。

謝謝您的諒解。

帳號：0000-0000

최소하다	chwe.so.ha.da	取消
거래처	go*.re*.cho*	客戶／交易對象
갑자기	gap.jja.gi	突然／忽然
필요하다	pi.ryo.ha.da	需要
불편을 끼치다	bul.pyo*.neul/gi.chi.da	造成不便
점	jo*m	點／方面
사과	sa.gwa	道歉
저희 측	jo*.hi cheuk	我方
또	do	又／再
모든	mo.deun	所有的
입금하다	ip.geum.ha.da	存款
계좌 번호	gye.jwa/bo*n.ho	帳號

相關例句　　🎧 Track 054

1 저희는 4762번 제품의 주문을 취소하기 위해 메일을 드립니다.

jo*.hi.neun/sa.chi.ryu.gi.bo*n/je.pu.me/ju.mu.neul/chwi.

so.ha.gi/wi.he*/me.i.reul/deu.rim.ni.da

寫這封信是為了向貴公司取消4762號產品的訂單。

2 저희는 가격이 더 낮은 공급업체를 찾았으니 이번 주문을 취소하려고 합니다.

jo*.hi.neun/ga.gyo*.gi/do*/na.jeun/gong.geu.bo*p.che.reul/
cha.ja.sseu.ni/i.bo*n/ju.mu.neul/chwi.so.ha.ryo*.go/ham.ni.da

由於我們已找到價格更低的供應商，所以希望取消這次的
訂單。

③ 이것이 귀사의 너무 큰 불편을 드리지 않기를 바랍니다.
i.go*.si/gwi.sa.ui/no*.mu/keun/bul.pyo*.neul/deu.ri.ji/an.ki.
reul/ba.ram.ni.da

希望這不會造成貴公司極大的不便。

**④ 우리 측에서 예상치 못한 사정이 좀 생겨서 어제 주문한
제품이 더 이상 필요 없게 되었습니다. 부디 주문을 취소하
고 비용을 저희 계좌에 입금해 주십시오. 감사합니다.**
u.ri/cheu.ge.so*/ye.sang.chi/mo.tan/sa.jo*ng.i/jom/se*ng.
gyo*.so*/o*.je/ju.mun.han/je.pu.mi/do*/i.sang/pi.ryo/o*p.
ge/dwe.o*t.sseum.ni.da//bu.di/ju.mu.neul/chwi.so.ha.go/
bi.yong.eul/jjo*.hi/gye.jwa.e/ip.geum.he*/ju.sip.ssi.o//gam.
sa.ham.ni.da

由於我方發生了意想不到的事情，導致不再需要昨天所訂
的產品了。請貴公司務必取消訂單，並將費用存入我方帳
戶。謝謝您。

배 부장님, 안녕하세요.

저희가 주문한 상품의 배송 날짜를 알 수 있을까요?
화물을 받는 날짜에 따라 저희 측의 판매 계획이 결정
되므로 정확한 날짜를 알려 줄 수 없어도 제일 가까운
예상일을 말씀해 주십시오. 그렇게 해 주시면 매우 감
사하겠습니다. 그리고 특별히 신경 써 주셔야 할 점이
있습니다. 이 제품은 깨지기 쉬우니 반드시 조심해서
운송하셔야 합니다. 도움을 주셔서 감사합니다.

기타 문의 사항이 있으시면 연락 주십시오.

裴部長：

您好！

是否可以告知我們訂單的配送日期呢？由於取貨日期會影響到我方的銷售計畫，即使無法告知確切日期，也麻煩您告知最接近的預想日期。若貴公司能幫忙，我們將很感激。還有，有要特別請您費心的地方。這項產品易碎，請您務必小心運送。謝謝您的幫助。

若有其他的疑問事項，請與我聯繫。

계획	gye.hwek	計劃
결정되다	gyo*l.jo*ng.dwe.da	決定
정확하다	jo*ng.hwa.ka.da	正確／準確
제일	je.il	最／第一
예상일	ye.sang.il	預想日／推測日
말씀하다	mal.sseum.ha.da	説
특별히	teuk.byo*l.hi	特別地
신경을 쓰다	sin.gyo*ng.eul.sseu.da	費心／操心
깨지다	ge*.ji.da	碎／摔壞
쉽다	swip.da	容易
조심하다	jo.sim.ha.da	小心／當心
문의	mu.nui	詢問／諮詢

1 포장 문제를 상의하려고 메일 드립니다.

po.jang/mun.je.reul/ssang.ui.ha.ryo*.go/me.il/deu.rim.ni.da

寫這封信是想與您商議包裝的問題。

2 화물은 운송 도중 손상되지 않도록 두껍고 튼튼한 상자를 사용해 주십시오.

hwa.mu.reun/un.song/do.jung/son.sang.dwe.ji/an.to.rok/
du.go*p.go/teun.teun.han/sang.ja.reul/ssa.yong.he*/ju.sip.ssi.o

請您使用厚且堅固的箱子，預防貨物在運送途中受損。

③ 제 화물이 어떻게 되고 있는지 최근 정보를 알려주시겠
어요?

je/hwa.mu.ri/o*.do*.ke/dwe.go/in.neun.ji/chwe.geun/jo*ng.
bo.reul/al.lyo*.ju.si.ge.sso*.yo

可否告知我們的貨物目前的狀況為何？

④ 저희는 아직도 주문 상품을 받지 못했습니다. 현재 운송
상황에 대해 좀 알아봐 주시겠습니까?

jo*.hi.neun/a.jik.do/ju.mun/sang.pu.meul/bat.jji/mo.te*t.
sseum.ni.da//hyo*n.je*/un.song/sang.hwang.e/de*.he*/jom/
a.ra.bwa/ju.si.get.sseum.ni.ga

我們至今尚未收到訂貨商品。可否幫忙我們了解一下目前
的運送狀況。

⑤ 상품이 습기를 먹지 않도록 비닐 포장지로 포장해 주십
시오.

sang.pu.mi/seup.gi.reul/mo*k.jji/an.to.rok/bi.nil/po.jang.
ji.ro/po.jang.he*/ju.sip.ssi.o

請用塑膠包裝材料包裝，防止商品受潮。

이 부장님, 안녕하세요.

귀사에서 보내신 청구서를 잘 받았습니다. 총 금액이 저희 생각한 것과 200달러 정도 차이가 납니다. 다시 한 번 금액을 확인하시겠습니까? 저희도 총 금액을 다시 확인해 보겠습니다. 그리고 이번에 수표가 아니고 직접 송금하려고 합니다. 계좌 번호를 알려 주시길 바랍니다. 감사합니다.

계산을 다시 해 주시고 연락 주십시오.

李部長：

您好！

我們已收到貴公司寄來的請款單。總金額與我們所想
的差了200美元。可否麻煩貴公司再次確認金額？我
方也會再次確認總金額。還有，這次我們不是使用支
票付款，而是使用直接匯款的方式。請您告知我們帳
號。謝謝您。

請您重新計算後，與我聯繫。

청구서	cho*ng.gu.so*	請款單
금액	geu.me*k	金額／款項
달러	dal.lo*	美金
정도	jo*ng.do	程度
차이가 나다	cha.i.ga/na.da	出現差異
확인하다	hwa.gin.ha.da	確認
총	chong	總
그리고	geu.ri.go	並且／還有
수표	su.pyo	支票
직접	jik.jjo*p	直接／親自
송금하다	song.geum.ha.da	匯款／匯錢
계산	gye.san	計算／結帳

相關例句 🎧 Track 060

1 어떤 지급 방식을 사용하실 것인지 알려 주시겠습니까?

o*.do*n/ji.geup/bang.si.geul/ssa.yong.ha.sil/go*.sin.ji/

al.lyo*/ju.si.get.sseum.ni.ga

可否告知貴公司採用哪種付款方式？

2 지급 마감일은 20일까지입니다.

ji.geup/ma.ga.mi.reun/i.si.bil.ga.ji.im.ni.da

付款截止日到20號。

❸ 몇 가지 운수 방식의 가격을 제시해 주십시오.

myo*t/ga.ji/un.su/bang.si.gui/ga.gyo*.geul/jje.si.he*/ju.sip.
ssi.o

請告訴我們幾種運輸方式的價格。

❹ 현재 저희 회사 자금이 좀 부족해 한 번에 100% 선지급
하기 어려울 것 같습니다. 죄송하지만 60%를 선지급하고
남은 40%는 화물을 받은 후 지급해도 되겠습니까?

hyo*n.je*/jo*.hi/hwe.sa/ja.geu.mi/jom/bu.jo.ke*/han/bo*.
ne/be*k.po*.sen.teu/so*n.ji.geu.pa.gi/o*.ryo*.ul/go*t/gat.
sseum.ni.da//jwe.song.ha.ji.man/yuk.ssip.po*.sen.teu.reul/
sso*n.ji.geu.pa.go/na.meun/sa.sip.po*.sen.teu.neun/hwa.
mu.reul/ba.deun/hu/ji.geu.pe*.do/dwe.get.sseum.ni.ga

目前本公司資金有些不足，似乎難以一次預付所有款項。
很抱歉，我們希望先付預付60%的款項，剩餘的40%等到收
到貨物後再支付，可以嗎？

고 사장님, 안녕하세요.

지불을 이번 달 말까지 연장할 수 있을지 알아보기 위해 메일을 드립니다. 사실 저희 측에서 이외의 상황이 생겨 현재 자금 회전이 어렵게 되었습니다. 계약서에 따르면 마땅히 대금을 먼저 지불해야 합니다만 저희 사정을 부디 고려하시고 1개월 연장을 허락해 주시길 바랍니다. 귀사에 큰 불편을 끼친 점 사과 드립니다.

이해해 주신다면 감사하겠습니다.

高社長：

您好！

寫這封信是為了詢問款項可否延長到這個月底再支付。事實上，我方因意外的情況，造成目前資金週轉困難。按照合約，理當先支付款項給您，但請貴公司務必顧慮我方的情況，並允許延期一個月付款。對此造成貴公司的不便，在這裡向您道歉。

若您能諒解，我們將感激不盡。

달 말	dal/mal	月底／月末
연장하다	yo*n.jang.ha.da	延長／延期
사실	sa.sil	事實上
의외	ui.we	意外
자금 회전	ja.geum/hwe.jo*n	資金週轉
어렵다	o*.ryo*p.da	困難
계약서	gye.yak.sso*	契約書
따르다	da.reu.da	按照／遵從
마땅히	ma.dang.hi	應當／理當
고려하다	go.ryo*.ha.da	顧及／念及
허락하다	ho*.ra.ka.da	准許／允許
일개월	il.ge*.wol	一個月

相關例句　⌒ Track 063

❶ 귀사에 이 개월 연기 혹은 할부를 허락해 주시길 부탁드립니다.

gwi.sa.e/i/ge*.wol/yo*n.gi/ho.geun/hal.bu.reul/ho*.ra.ke*/ju.si.gil/bu.tak.deu.rim.ni.da

特向貴公司提出請求，允許我們延期兩個月付款，或分期付款。

❷ 저희 측에서 미리 예측하지 못했던 문제가 생겼습니다.

다음 주에 송금해도 괜찮겠습니까?

jo*.hi/cheu.ge.so*/mi.ri/ye.cheu.ka.ji/mo.te*t.do*n/mun.
je.ga/se*ng.gyo*t.sseum.ni.da//da.eum/ju.e/song.geum.he*.
do/gwe*n.chan.ket.sseum.ni.ga

由於我方出現了難以預料的問題。不知可否下周再匯款給
貴公司？

❸ 지불을 조금 늦게 해도 되겠습니까? 다음 주에 저희 거 래처에서 대금이 많이 들어올 것입니다. 그걸 받는 즉시 귀 사에 송금할 수 있습니다. 이렇게 해도 괜찮으신지 알려 주 십시오.

ji.bu.reul/jjo.geum/neut.ge/he*.do/dwe.get.sseum.ni.ga//
da.eum/ju.e/jo*.hi/go*.re*.cho*.e.so*/de*.geu.mi/ma.ni/
deu.ro*.ol/go*.sim.ni.da//geu.go*l/ban.neun/jeuk.ssi/gwi.
sa.e/song.geum.hal/ssu/it.sseum.ni.da//i.ro*.ke/he*.do/
gwe*n.cha.neu.sin.ji/al.lyo*/ju.sip.ssi.o

請問我們可否晚一點付款？下週我方客戶將支付我們大筆
款項。我們收到那筆款項後，將立即匯款給貴公司。請告
知我們這是否可行？

신 부장님, 안녕하세요.

계약서 번호 12345에 의해 선적한 물품 대금이 아직도 저희 회사 계좌에 입금이 되지 않았습니다. 양사의 신용 거래가 좋게 유지될 수 있도록 가능한 빨리 물품 대금을 저희 계좌에 입금해 주시기 바랍니다. 가능하다면 송금 예정일을 저희에게 알려 주십시오. 신속한 처리 부탁드립니다.

시간 내 주셔서 감사합니다.

申部長：

您好！

我公司帳戶至今未收到契約書編號12345的裝船物品款項。請貴公司盡快將物品款項存入我方帳戶，以維持雙方良好的信用交易。若您方便，請告知我們匯款的預定日期。煩請您盡速做處理。

感謝您撥冗閱讀。

선적하다	so*n.jo*.ka.da	裝船
물품	mul.pum	物品
입금하다	ip.geum.ha.da	存款／進款
양사	yang.sa	雙方
신용	si.nyong	信用
유지되다	yu.ji.dwe.da	維持
신속하다	sin.so.ka.da	迅速
처리	cho*.ri	處理
부탁하다	bu.ta.ka.da	拜託／請託
시간을 내다	si.ga.neul/ne*.da	撥空／騰出時間

相關例句　　🎧 Track 066

1 가능한 한 빨리 지불을 완료해 주시기 바랍니다.

ga.neung.han/han/bal.li/ji.bu.reul/wal.lyo.he*/ju.si.gi/

ba.ram.ni.da

請您盡快完成付款。

2 귀사의 12345번의 주문에 대한 지급이 기한을 넘었다는 것을 알려 드리고자 합니다.

gwi.sa.ui/i.ri.sam.sa.o.bo*.nui/ju.mu.ne/de*.han/ji.geu.bi/

gi.ha.neul/no*.mo*t.da.neun/go*.seul/al.lyo*/deu.ri.go.ja/

ham.ni.da

我們在這通知您，貴公司12345號訂單的支付期限已過。

❸ 저희는 아직도 대금을 받지 못했습니다. 빠른 시일 안에 보내 주시길 바랍니다.

jo*.hi.neun/a.jik.do/dae*.geu.meul/bat.jji/mo.te*t.sseum.

ni.da//ba.reun/si.il/a.ne/bo.ne*/ju.si.gil/ba.ram.ni.da

我們仍未收到貴公司的預付款。請您盡快完成付款。

❹ 지불이 지연되었음에 관해 두 번이나 통보했는데 이제 1주가 지났고 저희는 여전히 송금 받지 못하고 있습니다. 이번 주 금요일까지 지불이 완료되기를 원합니다.

ji.bu.ri/ji.yo*n.dwe.o*.sseu.me/gwan.he*/du/bo*.ni.na/tong.

bo.he*n.neun.de/i.je/han.ju.ga/ji.nat.go/jo*.hi.neun/yo*.

jo*n.hi/song.geum/bat.jji/mo.ta.go/it.sseum.ni.da//i.bo*n/

ju/geu.myo.il.ga.ji/ji.bu.ri/wal.lyo.dwe.gi.reul/won.ham.ni.da

我們已經通知貴公司兩次您延遲付款的問題，但現在已過了一週，我們仍尚未收到您的匯款。希望貴公司在這星期五之前完成付款。

윤 부장님, 안녕하세요.

오늘 송금을 했다는 것을 알려 드리기 위해 메일을 드립니다. 은행 영업일 오일 안에 대금을 받으실 수 있을 것입니다. 지불이 늦은 점을 이해해 주셔서 다시 한 번 감사 드립니다.

문제가 있다면 언제든지 연락 주십시오.

尹部長：

您好！

寫這封信是為了告知您，我們今天已匯款過去了。銀行營業日的五天內，您將可以收到款項。再次感謝您允許我們延遲付款。

若有任何問題，請隨時與我聯繫。

부장	bu.jang	部長
오늘	o.neul	今天
송금	song.geum	匯款
알리다	al.li.da	告知／通知
은행	eun.he*ng	銀行
영업일	yo*ng.o*.bil	營業日
오일	o.il	五日／五天
안	an	內／裡
늦다	neut.da	遲／晚
이해하다	i.he*.ha.da	理解／諒解
언제든지	o*n.je.deun.ji	隨時

相關例句　　🎧 Track 069

1 저희 주문에 대한 대금을 귀사 계좌로 송금했습니다.

jo*.hi/ju.mu.ne/de*.han/de*.geu.meul/gwi.sa/gye.jwa.ro/

song.geum.he*t.sseum.ni.da

我公司的訂單預付款已匯款至貴公司的帳戶。

2 주문 번호 1234에 대한 대금 4000달러를 방금 송금했습니다.

ju.mun/bo*n.ho/i.ri.sam.sa.e/de*.han/de*.geum/sa.cho*n.

dal.lo*.reul/bang.geum/song.geum.he*t.sseum.ni.da
訂單編號1234的預付款4000美金，剛才已完成匯款。

③ 대만 시간으로 오늘 오후 1시에 송금했습니다. 한국 시간으로 오후 2시 이후 확인하실 수 있습니다.

de*.man/si.ga.neu.ro/o.neul/o.hu/han.si.e/song.geum.he*t.
sseum.ni.da//han.guk/si.ga.neu.ro/o.hu/du.si/i.hu/hwa.gin.
ha.sil/su/it.sseum.ni.da

我們在台灣時間今天下午一點時已匯款。您在韓國時間下午兩點以後便可以進行確認。

④ 귀사의 지불을 확인했음을 메일로 알려 드립니다.

gwi.sa.ui/ji.bu.reul/hwa.gin.he*.sseu.meul/me.il.lo/al.lyo*/
deu.rim.ni.da

特地寫信告知貴公司，我們已確認過您所支付的款項。

⑤ 귀사가 지불하신 대금을 잘 받았습니다. 신속한 입금 감사 드립니다.

gwi.sa.ga/ji.bul.ha.sin/de*.geu.meul/jjal/ba.dat.sseum.ni.da//
sin.so.kan/ip.geum/gam.sa/deu.rim.ni.da

我們已經收到貴公司支付的款項。感謝您迅速的付款。

장 부장님, 안녕하세요.

귀사가 주무하신 통조림 200상자가 2013년 5월 4일 오늘 출항하는 한강호에 선적되었습니다. 배는 내일 정오에 출항해서 모레 오전 7시경에 지룽에 도착할 예정입니다. 첨부된 것은 선하증권, 해상 보험 증권, 송장 들입니다. 귀사가 화물을 받는대로 연락 주시면 감사하겠습니다. 저희 제품에 만족하시리라 믿으며 앞으로 추가 주문 있기를 바랍니다. 감사합니다.

裝船通知——中譯

張部長：

您好！

貴公司訂的罐頭200箱，今天2013年5月4日已經裝船在漢江號上了。該船將於明天中午出港，預計後天上午七點左右將抵達基隆。附件為提單、海運保單以及發票。請貴公司拿到貨物後立即與我們連繫，我們將很感激您。相信貴公司會很滿意我們的產品，希望以後貴公司會繼續追加訂購。謝謝您。

통조림	tong.jo.rim	罐頭
상자	sang.ja	（一）箱／箱子
출항하다	chul.hang.ha.da	出港／出航
한강	han.gang	漢江
배	be*	船
정오	jo*ng.o	正午／中午
모레	mo.re	後天
선하증권	so*n.ha.jeung.gwon	海運提單(B/L)
해상 보험 증권	he*.sang/bo.ho*m/jeung.gwon	海運保單
송장	song.jang	發票(invoice)
만족하다	man.jo.ka.da	滿足
앞으로	a.peu.ro	將來

相關例句　🎧 Track 072

1 주문하신 제품이 오늘 부산항에서 선적되었습니다.

ju.mun.ha.sin/je.pu.mi/o.neul/bu.san.hang.e.so*/so*n.jo*k.
dwe.o*t.sseum.ni.da

貴公司所訂購的產品今天已在釜山港裝船完畢了。

2 귀사가 7월 4일 주문서 9872로 주무하신 전기밥솥 500
대가 8월 10일 오늘 지룽에서 출발하여 9월 1일에 부산항
에 도착할 예정입니다.

gwi.sa.ga/chi.rwol/sa.il/ju.mun.so*/gu.pal.chi.ri.ro/ju.mu.

ha.sin/jo*n.gi.bap.ssot/o.be*k.de*.ga/pa.rwol/si.bil/o.neul/

jji.rung.e.so*/chul.bal.ha.yo*/gu.wol/i.ri.re/bu.san.hang.e/

do.cha.kal/ye.jo*ng.im.ni.da

貴公司7月4日的訂單9872中所訂購的電鍋五百台，在今天

8月10日已從基隆出發，預計9月1日會抵達釜山港。

❸ 선박은 23일 오전에 지롱항에 도착하니 시간에 맞춰 수
령하시기 바랍니다.

so*n.ba.geun/i.sip.ssa.mil/o.jo*.ne/ji.rong.hang.e/do.cha.

ka.ni/si.ga.ne/mat.chwo/su.ryo*ng.ha.si.gi/ba.ram.ni.da

船23日上午會抵達基隆港，請您按時取貨。

❹ 귀사의 주문서 123번의 청바지는 내일 오전에 선적할
예정입니다. 선적이 끝나는 즉시 다시 메일로 알려 드리겠
습니다.

gwi.sa.ui/ju.mun.so*/be*.gi.sip.ssam.bo*.nui/cho*ng.ba.ji.

neun/ne*.il/o.jo*.ne/so*n.jo*.kal/ye.jo*ng.im.ni.da//so*n.

jo*.gi/geun.na.neun/jeuk.ssi/da.si/me.il.lo/al.lyo*/deu.ri.get.

sseum.ni.da

貴公司訂單123號的牛仔褲，預計明天上午裝船。裝船完

畢後，我們會再次以電子郵件通知您。

안 사장님, 안녕하세요.

당사의 가격 인상에 대해 알려 드리기 위해 메일을 드립니다. 국제 유가 상승, 원료들 가격이 대폭 상승 등이유로 저희가 가격을 인상하지 않을 수가 없게 된 점이해해 주시기 바랍니다. 당사 모든 제품 가격이 다인상될 것이 아니라 지난 번 귀사가 주문하셨던 123번 제품만 3%의 인상이 있을 것입니다. 그러나 대량으로 주문하시면 계속 옛날과 같은 가격으로 드릴 수있을 것입니다. 감사합니다.

질문 사항 있으시면 연락 주십시오.

安社長：

您好！

今日來信是為了告知您有關我公司價格上漲的問題。由於國際油價上升以及原料價格大幅提升等的原因，讓我們不得不提高產品價格，請貴公司諒解。並非本公司所有產品的價格都將上漲，只有上次貴公司所訂購的123號產品價格將有3%的調升。但若是大量訂購，仍可繼續給您和之前一樣的價格。謝謝您。

若有疑問，請與我聯繫。

당사	dang.sa	我公司
가격 인상	ga.gyo*k/in.sang	價格上漲
국제	guk.jje	國際
유가	yu.ga	油價
상승	sang.seung	上升／上漲
원료	wol.lyo	原料
대폭	de*.pok	大幅
이유	i.yu	理由
그러나	geu.ro*.na	但是／然而
계속	gye.sok	繼續
옛날	yen.nal	以前
질문	jil.mun	提問／疑問

相關例句　　🎧 Track 075

❶ 제품 가격과 관련해 드릴 말씀이 있어서 연락 드립니다.

je.pum/ga.gyo*k.gwa/gwal.lyo*n.he*/deu.ril/mal.sseu.mi/
i.sso*.so*/yo*l.lak/deu.rim.ni.da

今日聯絡您是想告知有關產品價格的問題。

❷ 수입 원재료 가격 상승때문에 T-368의 제품 가격이 개당 2달러씩 인상하게 되었습니다.

su.ip/won.je*.ryo/ga.gyo*k/sang.seung.de*.mu.ne/T.sa.

myuk.pa.rui/je.pum/ga.gyo*.gi/ge*.dang/i.dal.lo*.ssik/
in.sang.ha.ge/dwe.o*t.sseum.ni.da
由於進口原料價格上漲的關係，T-368的產品價格每個調
漲了2美元。

③ 당사 몇 가지 제품의 가격은 약간 인상되었습니다.
dang.sa/myo*t/ga.ji/je.pu.mui/ga.gyo*.geun/yak.gan/in.sang.
dwe.o*t.sseum.ni.da
本公司幾樣產品的價格已稍做調漲。

④ 일부 품목의 가격 인상에 대해 알려 드리고 싶습니다.
il.bu/pum.mo.gui/ga.gyo*k/in.sang.e/de*.he*/al.lyo*/deu.
ri.go/sip.sseum.ni.da
我們想告知您有關部分產品價格上漲的問題。

**⑤ 시장 압력때문에 저희가 제품 가격을 조정해야 할 필요
가 있습니다.**
si.jang/am.nyo*k.de*.mu.ne/jo*.hi.ga/je.pum/ga.gyo*.geul/
jo.jo*ng.he*.ya/hal/pi.ryo.ga/it.sseum.ni.da
由於市場壓力的關係，我們的產品價格必須做調整。

문 사장님, 안녕하세요.

어제 귀사로부터 받은 제품에 몇 가지 문제가 있음을 알리고자 메일을 드립니다. 여러 제품에 흠집을 발견했습니다. 게다가 제품 수량이 맞지 않습니다. 저희가 G-872 제품 210개를 주문했는데 202개만 배송이 되었습니다. 이런 이유로 다음과 같이 클레임을 제기하니 신속히 처리해 주시기 바랍니다.

협조해 주셔서 감사합니다.

索賠——中譯

文社長：

您好！

來信是為了告知昨天我們在從貴公司寄來的產品中發現了幾個問題。我們發現好幾個產品上有瑕疵。又加上，產品數量不符。我們G-872的產品訂購了210個，但卻只送來202個。因此，我們提出如下索賠，請貴公司盡快處理。

感謝您的協助。

가지	ga.ji	種／樣
여러	yo*.ro*	幾（種）／許多
흠집	heum.jip	瑕疵
발견하다	bal.gyo*n.ha.da	發現
게다가	ge.da.ga	加上／而且
맞다	mat.da	正確／一致
같이	ga.chi	一起
클레임	keul.le.im	索賠(claim)
제기하다	je.gi.ha.da	提出／提起
신속히	sin.so.ki	迅速地
협조하다	hyo*p.jjo.ha.da	協助／合作

相關例句 🎧 Track 078

1 품질불량으로 클레임을 제기하니 저희 손실을 배상해
주시길 바랍니다.

pum.jil.bul.lyang.eu.ro/keul.le.i.meul/jje.gi.ha.ni/jo*.hi/son.
si.reul/be*.sang.he*/ju.si.gil/ba.ram.ni.da

由於產品品質不良，我們提出索賠，請賠償我公司的損失。

2 많은 제품에 흠집이 있어 판매하기 어려우므로 이에 대
한 손해 배상을 청구합니다.

ma.neun/je.pu.me/heum.ji.bi/i.sso*/pan.me*.ha.gi/o*.ryo*.
u.meu.ro/i.e/de*.han/son.he*/be*.sang.eul/cho*ng.gu.ham.
ni.da

由於很多產品上有瑕疵，讓我們難以銷售，我們要求相關
的損害賠償。

3 보내신 제품 중에 몇 가지 빠진 품목이 있습니다. 빠진
제품들을 즉시 항공편으로 보내 주십시오.

bo.ne*.sin/je.pum/jung.e/myo*t/ga.ji/ba.jin/pum.mo.gi/
it.sseum.ni.da./ba.jin/je.pum.deu.reul/jjeuk.ssi/hang.gong.
pyo*.neu.ro/bo.ne*/ju.sip.ssi.o

貴公司所寄來的產品中，有幾項漏掉的品目。請您立即用
空運將漏掉的產品補寄過來。

4 이 상황을 즉시 해결해 주시기 바랍니다.

i/sang.hwang.eul/jjeuk.ssi/he*.gyo*l.he*/ju.si.gi/ba.ram.ni.da

請您立即解決這個狀況。

양 부장님, 안녕하세요.

먼저 수량 부족에 대해 진심으로 사과 드립니다. 저희 측의 실수임을 인정했으니 요구하신 대로 빠진 제품을 즉시 항공편으로 보내 드리겠습니다. 그리고 말씀하셨던 품질불량에 대한 문제는 저희에게 시간을 좀 주시겠습니까? 저희가 먼저 알아보고 검토한 후에 빠른 시일 내에 다시 연락드리겠습니다. 잘못이 저희 측에 있으면 반드시 책임을 지겠습니다. 폐를 끼쳐 드려 대단히 죄송합니다.

다시 연락 드리겠습니다.

梁部長:

您好!

首先,對數量不足的問題,我們真心向您道歉。我們承認是我方的過失,會按照貴公司的要求,立即用空運將漏掉的產品寄出。還有,您提到的品質不良的問題,是否能給我們一點時間呢?等我們先了解看看、討論過之後,會在最快的時間內與您聯繫。若是我方的過失,必定會負起責任。造成貴公司的麻煩,我們感到相當抱歉。

我們會再與您聯繫。

먼저	mo*n.jo*	首先／先
진심	mo*n.jo*	真心
실수	sil.su	失誤
인정하다	in.jo*ng.ha.da	承認／認同
빠지다	ba.ji.da	漏掉／遺漏
항공편	hang.gong.pyo*n	航空郵件
시간	si.gan	時間
시일	si.il	時日／時間
내	ne*	內
잘못	jal.mot	過錯／錯誤
책임을 지다	che*.gi.meul/jji.da	承擔責任
대단히	de*.dan.hi	非常／相當

相關例句　　🎧 Track 081

1 절대 이런 일이 다시 발생하지 않도록 주의하겠습니다.

jo*l.de*/i.ro*n/i.ri/da.si/bal.sse*ng.ha.ji/an.to.rok/ju.ui.
ha.get.sseum.ni.da

我們會注意絕對不會讓這種事再次發生。

2 먼저 진심으로 사과 드립니다. 저희가 귀사의 클레임을
받아들이고 이번 일은 향후 양사의 양호한 거래에 영향을
미치지 않았으면 좋겠습니다.

mo*n.jo*/jin.si.meu.ro/sa.gwa/deu.rim.ni.da//jo*.hi.ga/gwi.
sa.ui/keul.le.i.meul/ba.da.deu.ri.go/i.bo*n/i.reun/hyang.hu/
yang.sa.ui/yang.ho.han/go*.re*.e/yo*ng.hyang.eul/mi.chi.ji/
a.na.sseu.myo*n/jo.ket.sseum.ni.da

首先，我們真心向您道歉。我們接受貴公司提出的索賠，
希望這次的事情不會影響到今後雙方的良好交易。

③ 이번 저희 실수로 인해 생긴 모든 손해는 당사가 100%
배상해 드리겠습니다.

i.bo*n/jo*.hi/sil.su.ro/in.he*/se*ng.gin/mo.deun/son.he*.
neun/dang.sa.ga/be*k.po*.sen.teu/be*.sang.he*/deu.ri.get.
sseum.ni.da

這次因我方過失所產生的所有損害，本公司將給予全部賠償。

④ 죄송하지만 저희는 귀사의 클레임을 받아들일 수 없습
니다.

jwe.song.ha.ji.man/jo*.hi.neun/gwi.sa.ui/keul.le.i.meul/
ba.da.deu.ril/su/o*p.sseum.ni.da

對不起，我們無法接受貴公司提出的索賠。

노 사장님, 안녕하세요.

저희가 지난 주 보내신 J-776의 샘플에 대한 만족도
가 매우 높습니다. 거래가 성사될 가능성이 있는 것으
로 판단되니 귀사를 방문해 직접 사장님을 만나 뵙고
상세히 거래 방안을 같이 상의하고 공장 설비도 구경
해 보고 싶습니다. 다음 달 12일쯤 한국에 가서 귀사
를 방문해도 되겠습니까? 그때 시간이 괜찮으신지 알
려 주시기 바랍니다. 감사합니다.

조만간 만나 뵐 수 있기를 기대합니다.

盧社長：

您好！

我們對上周貴公司寄來的J-776樣品的滿意度極高。我們認為有進行交易的可能性，因此希望能拜訪貴公司，親自與社長您見面，一同詳細討論交易方案，並且參觀工廠設備。我們下個月12號左右去韓國拜訪貴公司可以嗎？請告知那時的時間貴公司是否方便。謝謝您。

期待與您見面。

만족도	man.jok.do	滿意度
높다	nop.da	高
직접	jik.jjo*p	親自／直接
상세히	sang.se.hi	詳細地
방안	bang.an	方案
상의하다	sang.ui.ha.da	商量／商議
공장	gong.jang	工廠
설비	so*l.bi	設備
구경하다	gu.gyo*ng.ha.da	參觀／觀看
그때	geu.de*	那時候
조만간	jo.man.gan	早晚／遲早
기대하다	gi.de*.ha.da	期待

相關例句　🎧 Track 084

1 괜찮으시다면 다다음 주 월요일쯤 귀사를 방문하고 싶습니다.

gwe*n.cha.neu.si.da.myo*n/da.da.eum/ju/wo.ryo.il.jjeum/gwi.sa.reul/bang.mun.ha.go/sip.sseum.ni.da

若您方便的話，我希望下下周一左右去拜訪貴公司。

2 직접 만나 뵙고 이번 거래에 대해 좀 구체적인 얘기를 나누고 싶습니다.

jik.jjo*p/man.na/bwep.go/i.bo*n/go*.re*.e/de*.he*/jom/

gu.che.jo*.gin/ye*.gi.reul/na.nu.go/sip.sseum.ni.da

我希望能當面具體討論有關這次的交易問題。

❸ 다음 주 수요일에 저희 직원 두 명과 함께 귀사를 방문할 예정입니다.

da.eum/ju/su.yo.i.re/jo*.hi/ji.gwon/du/myo*ng.gwa/ham.ge/

gwi.sa.reul/bang.mun.hal/ye.jo*ng.im.ni.da

我們預定下周三將與我們兩名員工一同拜訪貴公司。

❹ 다음 주에 귀사 방문 일정을 잡아도 될까요? 제품 A/S 문제와 이번 거래에 대해 같이 의논하고 싶습니다.

da.eum/ju.e/gwi.sa/bang.mun/il.jo*ng.eul/jja.ba.do/dwel.

ga.yo//je.pum/AS/mun.je.wa/i.bo*n/go*.re*.e/de*.he*/

ga.chi/ui.non.ha.go/sip.sseum.ni.da

不知是否可以抓下星期的時間來拜訪貴公司？我想與您一同討論產品售後服務以及這次交易的問題。

❺ 한 번 만나 뵐 수 있을까요? 날짜를 정해 알려 주시기 바랍니다.

han/bo*n/man.na/bwel/su/i.sseul.ga.yo//nal.jja.reul/jjo*ng.

he*/al.lyo*/ju.si.gi/ba.ram.ni.da

不知是否可以與您見上一面？請您決定好日期後告知我。

손 사장님, 안녕하세요.

저희와 거래할 마음을 가지셔서 너무 감사합니다. 대만에 와서 저희 회사를 방문해 주신다니 영광입니다. 언제든지 좋습니다. 언제나 환영합니다. 편하신 날로 결정하시고 메일을 주십시오. 중국어를 잘 못 하실텐데 저희가 공항에 가서 마중해 드리겠습니다. 호텔 예약도 저희가 대신해 드리겠습니다. 다른 도움이 필요하시면 연락 주시기 바랍니다. 감사합니다.

그럼 조만간 뵙겠습니다.

孫社長：

您好！

很感謝你有意與我們進行交易。您說您要來台灣拜訪我們公司，那是我們的榮幸。您什麼時候來都可以。任何時間都歡迎您。決定好日期後，來信告知我們。您應該不太會講中文，我們會去機場迎接您。訂飯店事宜也由我們來處理。若需要其他幫助，請聯絡我們。謝謝您。

那到時候見！

마음	ma.eum	心／心思
영광	yo*ng.gwang	榮幸
환영하다	hwa.nyo*ng.ha.da	歡迎
편하다	pyo*n.ha.da	方便／舒服
결정하다	gyo*l.jo*ng.ha.da	決定
중국어	jung.gu.go*	中文
공항	gong.hang	機場
마중하다	ma.jung.ha.da	迎接
호텔	ho.te	飯店
대신하다	de*.sin.ha.da	代替
도움	do.um	幫助／幫忙
필요하다	pi.ryo.ha.da	需要

相關例句　　　⌒ Track 087

1 대만에 오시면 꼭 저희 회사를 한 번 방문해 주십시오.
de*.ma.ne/o.si.myo*n/gok/jo*.hi/hwe.sa.reul/han/bo*n/
bang.mun.he*/ju.sip.ssi.o
若您來台灣，請一定要來拜訪我們公司。

2 저희도 사장님과의 만남을 기대하고 있습니다.
jo*.hi.do/sa.jang.nim.gwa.ui/man.na.meul/gi.de*.ha.go/
it.sseum.ni.da

我們也很期待與社長您的會面。

3 대만에 도착하는 시간을 알려 주시겠습니까? 저희가 공항에 나와 마중해 드리겠습니다.

de*.ma.ne/do.cha.ka.neun/si.ga.neul/al.lyo*/ju.si.get.sseum.
ni.ga//jo*.hi.ga/gong.hang.e/na.wa/ma.jung.he*/deu.ri.get.
sseum.ni.da

可以告知我們您抵達台灣的時間嗎？我們將去機場迎接您。

4 당사 제품에 대해 높은 관심을 가지셔서 감사합니다.

dang.sa/je.pu.me/de*.he*/no.peun/gwan.si.meul/ga.ji.syo*.
so*/gam.sa.ham.ni.da

感謝您對本公司產品的高度關心。

5 20일이나 25일은 괜찮으세요? 편한 시간이 언제인지 알려주시기 바랍니다.

i.si.bi.ri.na/i.si.bo.i.reun/gwe*n.cha.neu.se.yo//pyo*n.han/
si.ga.ni/o*n.je.in.ji/al.lyo*.ju.si.gi/ba.ram.ni.da

20號或25號可以嗎？請告知我們您方便的時間。

超實用的
商業韓文
E-mail

비즈니스
한국어
이메일

第二章
商用韓語
E-mail 好
用
句

寒暄語

요즘 일은 바쁘십니까?

yo.jeum/i.reun/ba.beu.sim.ni.ga

您最近工作忙嗎?

안녕하십니까?

an.nyo*ng.ha.sim.ni.ga

您好嗎?

한동안 만나뵙지 못했습니다만, 안녕하십니까?

han.dong.an/man.na.bwep.jji/mo.te*t.sseum.ni.da.man//

an.nyo*ng.ha.sim.ni.ga

好久不見,近來好嗎?

김 사장님께 안부 전해 주십시오.

gim/sa.jang.nim.ge/an.bu/jo*n.he*/ju.sip.ssi.o

請替我向金社長問好。

올해에도 많은 관심 부탁드립니다.

ol.he*.e.do/ma.neun/gwan.sim/bu.tak.deu.rim.ni.da

今年也請您多多關照。

132

처음으로 메일을 보냅니다.

cho*.eu.meu.ro/me.i.reul/bo.ne*m.ni.da

第一次給您寫信。

信尾寒暄語

메일 기다리겠습니다.

me.il/gi.da.ri.get.sseum.ni.da

等待您的回信。

답장을 주시기 바랍니다.

dap.jjang.eul/jju.si.gi/ba.ram.ni.da

請您回信。

곧 답장 주십시오.

got/dap.jjang/ju.sip.ssi.o

請您立即回信。

회신을 주시기 바랍니다.

hwe.si.neul/jju.si.gi/ba.ram.ni.da

請您回信。

즐거운 여행이 되시길 빕니다.

jeul.go*.un/yo*.he*ng.i/dwe.si.gil/bim.ni.da

祝您旅遊愉快。

곧 연락 드리겠습니다.

got/yo*l.lak/deu.ri.get.sseum.ni.da

我將馬上聯絡您。

이메일을 받으시면 제게 알려 주십시오.

i.me.i.reul/ba.deu.si.myo*n/je.ge/al.lyo*/ju.sip.ssi.o

您收到郵件後，請與我聯繫。

다시 뵙길 기대하겠습니다.

da.si/bwep.gil/gi.de*.ha.get.sseum.ni.da

期待再次與您會面。

즐거운 주말 보내세요.

jeul.go*.un/ju.mal/bo.ne*.se.yo

祝你有個愉快的週末。

곧 찾아뵙겠습니다.

got/cha.ja.bwep.get.sseum.ni.da

我將去拜訪您。

그럼 연락 주십시오.

geu.ro*m/yo*l.lak/ju.sip.ssi.o

請聯絡我。

많은 관심 부탁 드립니다.

ma.neun/gwan.sim/bu.tak/deu.rim.ni.da

請您多多留意。

제가 계속 연락드리겠습니다.

je.ga/gye.sok/yo*l.lak.deu.ri.get.sseum.ni.da

我將會與您保持聯絡。

또 필요한 게 있으면 연락 드리겠습니다.

do/pi.ryo.han/ge/i.sseu.myo*n/yo*l.lak/deu.ri.get.sseum.ni.da

若還有需要，我們會再連絡您。

시간이 되시면 연락 주시기 바랍니다.

si.ga.ni/dwe.si.myo*n/yo*l.lak/ju.si.gi/ba.ram.ni.da

若您有時間，請與我聯繫。

다음 주에 전화 드리겠습니다.

da.eum/ju.e/jo*n.hwa/deu.ri.get.sseum.ni.da

我下個星期會打電話給你。

그럼 이만 줄이겠습니다. 또 연락 드리겠습니다.

geu.ro*m/i.man/ju.ri.get.sseum.ni.da//do/yo*l.lak/deu.ri.get.

sseum.ni.da

那麼，在此停筆，再聯絡。

그럼 나중에 뵙겠습니다.

geu.ro*m/na.jung.e/bwep.get.sseum.ni.da

那麼以後再見。

그럼 그때 뵙겠습니다.

geu.ro*m/geu.de*/bwep.get.sseum.ni.da

那麼，到時候見。

즐거운 하루 되세요.

jeul.go*.un/ha.ru/dwe.se.yo

祝您有愉快的一天。

또 다른 문의 사항 있으시면 연락 주시기 바랍니다.

do/da.reun/mu.nui/sa.hang/i.sseu.si.myo*n/yo*l.lak/ju.si.gi/

ba.ram.ni.da

若有其他的詢問事項,請與我聯繫。

自我介紹

제 이름은 장숙영입니다.

je/i.reu.meun/jang.su.gyo*ng.im.ni.da

我的名字是張淑英。

제 이름은 진건호이고 영속전자에서 마케팅 업무를 담당
하고 있습니다.

je/i.reu.meun/jin.go*n.ho.i.go/yo*ng.sok.jjo*n.ja.e.so*/

ma.ke.ting/o*m.mu.reul/dam.dang.ha.go/it.sseum.ni.da

我的名字是陳建豪,在永續電子負責銷售業務。

제 이름은 임미령이고 Forever무역의 부장입니다.

je/i.reu.meun/im.mi.ryo*ng.i.go/Forever.mu.yo*.gui/bu.jang.

im.ni.da

我的名字是林美玲,是Forever貿易的部長。

저는 삼성전자의 판매 이사입니다.

jo*.neun/sam.so*ng.jo*n.ja.ui/pan.me*/i.sa.im.ni.da

我是三星電子的銷售理事。

介紹公司

당사는 20년 동안 복식의 수출입에 종사했습니다. 여기에
메일을 통해서 당사를 소개하고자 합니다.

dang.sa.neun/i.sim.nyo*n/dong.an/bok.ssi.gui/su.chu.ri.be/
jong.sa.he*t.sseum.ni.da//yo*.gi.e/me.i.reul/tong.he*.so*/
dang.sa.reul/sso.ge*.ha.go.ja/ham.ni.da

本公司二十年來一直在經營服飾出口業務，今日來信是想
介紹一下我們公司。

당사는 대만 최대의 유리공예 제조업자의 하나로, 대만 유
리공예 영업에 오랜 역사를 가지고 있습니다.

dang.sa.neun/de*.man/chwe.de*.ui/yu.ri.gong.ye/je.jo.o*p.
jja.ui/ha.na.ro//de*.man/yu.ri.gong.ye/yo*ng.o*.be/o.re*n/
yo*k.ssa.reul/ga.ji.go/it.sseum.ni.da

本公司是台灣最大的玻璃工藝製造商之一，經營台灣玻璃
工藝已有多年歷史。

당사는 대만에서 제일 큰 가구 수입상 중의 하나로 귀사와

거래 관계를 맺고자 합니다.

dang.sa.neun/de*.ma.ne.so*/je.il/keun/ga.gu/su.ip.ssang/

jung.ui/ha.na.ro/gwi.sa.wa/go*.re*/gwan.gye.reul/me*t.

go.ja/ham.ni.da

本公司是台灣最大的家具進口商之一，希望與貴公司建立

業務關係。

당사는 대만에서 화장품을 취급하는 무역 회사입니다.

dang.sa.neun/de*.ma.ne.so*/hwa.jang.pu.meul/chwi.geu.

pa.neun/mu.yo*k/hwe.sa.im.ni.da

本公司是在台灣進從事化妝品業務的貿易公司。

저희는 20년이 넘게 사업을 해 왔습니다.

jo*.hi.neun/i.sim.nyo*.ni/no*.m.ge/sa.o*.beul/he*/wat.

sseum.ni.da

我們做這行已經有20餘年了。

저희는 주로 가전 제품을 생산하고 있습니다.

jo*.hi.neun/ju.ro/ga.jo*n/je.pu.meul/sse*ng.san.ha.go/

it.sseum.ni.da

我們主要是生產家電用品。

저희는 식료품업을 주로 하고 있습니다.

jo*.hi.neun/sing.nyo.pu.mo*.beul/jju.ro/ha.go/it.sseum.ni.da

我們主要是經營食品業務。

저희는 15년 넘게 수출업을 해 오고 있습니다.

jo*.hi.neun/si.bo.nyo*n/no*m.ge/su.chu.ro*.beul/he*/o.go/
it.sseum.ni.da

我們從事進出口業已有15餘年了。

저희 Forever 회사는 대만에 본사를 두고 크게 성장하는
국제사업개발 회사입니다.

jo*.hi/Forever.hwe.sa.neun/de*.ma.ne/bon.sa.reul/du.go/keu.
ge/so*ng.jang.ha.neun/guk.jje.sa.o*p.ge*.bal/hwe.sa.im.ni.da

我們Forever公司在台灣設有總部，是成長相當快速的國
際產業開發公司。

저희 회사는 스포츠 용품, 자동차 부품 등을 생산하는 회사
이며, 악기 제조로 잘 알려져 있습니다.

jo*.hi/hwe.sa.neun/seu.po.cheu/yong.pum,/ja.dong.cha/
bu.pum/deung.eul/sse*ng.san.ha.neun/hwe.sa.i.myo*/ak.gi/
je.jo.ro/jal/al.lyo*.jo*/it.sseum.ni.da

我們公司是生產體育用品、汽車零件等的公司，並且以製

造樂器出名。

당사의 제품은 중국, 일본, 미국에 많이 수출되고 있으며
좋은 평판을 받고 있습니다.

dang.sa.ui/je.pu.meun/jung.guk/il.bon/mi.gu.ge/ma.ni/

su.chul.dwe.go/i.sseu.myo*/jo.eun/pyo*ng.pa.neul/bat.go/

it.sseum.ni.da

本公司許多產品出口至中國、日本、美國等國家，一直得
到很好的評價。

저희 회사는 주로 중국과 일본을 중심으로 수출을 하고 있
으며, 포장재업을 전문적으로 담당하고 있습니다.

jo*.hi/hwe.sa.neun/ju.ro/jung.guk.gwa/il.bo.neul/jjung.

si.meu.ro/su.chu.reul/ha.go/i.sseu.myo*/po.jang.je*.o*.beul/

jjo*n.mun.jo*.geu.ro/dam.dang.ha.go/it.sseum.ni.da

我公司主要以中國和日本為中心進行出口，專門從事包裝
材料事業。

● 客套話

이것은 저희 회사의 영광이 될 것입니다.

i.go*.seun/jo*.hi/hwe.sa.ui/yo*ng.gwang.i/dwel/go*.sim.ni.da

這將是本公司的榮幸。

귀사와 무역 관계가 성립되어 매우 기쁩니다.

gwi.sa.wa/mu.yo*k/gwan.gye.ga/so*ng.nip.dwe.o*/me*.u/

gi.beum.ni.da

很高興能與貴公司建立貿易往來。

좋은 소식이 있습니다.

jo.eun/so.si.gi/it.sseum.ni.da

我要告訴你一個好消息。

귀사와 무역 관계를 발전시키기 위하여 저희는 최선을 다

하겠습니다.

gwi.sa.wa/mu.yo*k/gwan.gye.reul/bal.jjo*n.si.ki.gi/wi.ha.yo*/

jo*.hi.neun/chwe.so*.neul/da.ha.get.sseum.ni.da

為了發展與貴公司的貿易關係，我們將竭力做到最好。

希望建立貿易關係

저희는 귀사와 무역 관계를 맺고 싶습니다.

jo*.hi.neun/gwi.sa.wa/mu.yo*k/gwan.gye.reul/me*t.go/sip.

sseum.ni.da

我們希望與貴公司建立貿易關係。

가장 신용있는 여성복 수출 업자를 당사에 추천해 주십시오.

ga.jang/si.nyong.in.neun/yo*.so*ng.bok/su.chul/o*p.jja.reul/

dang.sa.e/chu.cho*n.he*/ju.sip.ssi.o

請推薦最有信用的女裝出口業者給我們。

귀사와 거래를 개설하고 싶어 이 메일을 드립니다.

gwi.sa.wa/go*.re*.reul/ge*.so*l.ha.go/si.po*/i/me.i.reul/deu.

rim.ni.da

來信是想告知我們想與貴公司建立貿易關係。

저희는 귀사와의 무역 관계가 수립되기를 기대하고 있습니다.

jo*.hi.neun/gwi.sa.wa.ui/mu.yo*k/gwan.gye.ga/su.rip.dwe.

gi.reul/gi.de*.ha.go/it.sseum.ni.da

我們一直期待能與貴公司建立貿易關係。

저희는 비즈니스를 한국 시장까지 넓히고 싶습니다.

jo*.hi.neun/bi.jeu.ni.seu.reul/han.guk/si.jang.ga.ji/no*p.

hi.go/sip.sseum.ni.da

我們想把生意廣大到韓國市場。

귀사와 무역 관계가 성립되기를 바랍니다.

gwi.sa.wa/mu.yo*k/gwan.gye.ga/so*ng.nip.dwe.gi.reul/

ba.ram.ni.da

希望能與貴公司建立貿易關係。

저희는 귀사의 제품을 수입해서 대만에서 팔 것인지 고려

하고 있습니다.

jo*.hi.neun/gwi.sa.ui/je.pu.meul/ssu.i.pe*.so*/de*.ma.ne.

so*/pal/go*.sin.ji/go.ryo*.ha.go/it.sseum.ni.da

我們正在考慮是否要進口貴公司的產品來台灣銷售。

인터넷에서 귀사의 회사명을 알았습니다. 귀사가 생산하

고 있는 제품을 구입하고 싶습니다.

in.to*.ne.se.so*/gwi.sa.ui/hwe.sa.myo*ng.eul/a.rat.sseum.

ni.da//gwi.sa.ga/se*ng.san.ha.go/in.neun/je.pu.meul/gu.i.pa.

go/sip.sseum.ni.da

我們在網路上得知貴公司的公司名稱。我們想購買貴公司

所生產的產品。

說明來信緣由

제 회사인 Forever무역에 대해 소개하기 위해 이 글을 씁니다.

je/hwe.sa.in/Forever.mu.yo*.ge/de*.he*/so.ge*.ha.gi/
wi.he*/i/geu.reul/sseum.ni.da

來信是為了向您介紹我們公司Forever貿易。

메일을 잘 받았음을 알려 드립니다.

me.i.reul/jjal/ba.da.sseu.meul/al.lyo*/deu.rim.ni.da

來信告知我們已收到您的mail。

보내 주신 샘플과 계약서는 모두 받았습니다.

bo.ne*/ju.sin/se*m.peul.gwa/gye.yak.sso*.neun/mo.du/
ba.dat.sseum.ni.da

貴公司寄來的樣品及契約書我們全部收到了。

귀사가 보내 주신 LED전구의 상품 목록을 감사히 잘 받았
습니다.

gwi.sa.ga/bo.ne*/ju.sin/LED.jo*n.gu.ui/sang.pum/mong.
no.geul/gam.sa.hi/jal/ba.dat.sseum.ni.da

我們已收到貴公司寄來的LED燈泡商品目錄,謝謝。

어제 보내 주신 메일 잘 받았습니다. 그 일에 대한 조사 결과가 다음과 같습니다. 참고해 주십시오.

o*.je/bo.ne*/ju.sin/me.il/jal/ba.dat.sseum.ni.da//geu/i.re/de*.han/jo.sa/gyo*l.gwa.ga/da.eum.gwa/gat.sseum.ni.da//cham.go.he*/ju.sip.ssi.o

我們已收到昨天您的來信。關於那件事的調查結果如下,請參考。

상의하고자 하는 것이 있어 이렇게 갑자기 메일을 드립니다.

sang.ui.ha.go.ja/ha.neun/go*.si/i.sso*/i.ro*.ke/gap.jja.gi/me.i.reul/deu.rim.ni.da

因有事情與您商量,才這樣冒昧寫信給您。

이번 주문에 대해 상의할 것이 있어 연락 드립니다.

i.bo*n/ju.mu.ne/de*.he*/sang.ui.hal/go*.si/i.sso*/yo*l.lak/deu.rim.ni.da

有關這次的訂單,有事要與您商量,特此來信。

귀사가 노트북 ST-512를 발매하고 있다는 소식을 들었습
니다. 상세한 내용을 알고 싶습니다.

gwi.sa.ga/no.teu.buk/ST.o.i.ri.reul/bal.me*.ha.go/it.da.neun/

so.si.geul/deu.ro*t.sseum.ni.da//sang.se.han/ne*.yong.eul/

al.go/sip.sseum.ni.da

我們已聽説貴公司正在銷售ST-512的筆記型電腦。我們想
知道詳細的內容。

感謝

대단히 감사합니다.
de*.dan.hi/gam.sa.ham.ni.da
萬分感謝。

진심으로 감사드립니다.
jin.si.meu.ro/gam.sa.deu.rim.ni.da
向您表示由衷的感謝。

빠른 답장 감사합니다.
ba.reun/dap.jjang/gam.sa.ham.ni.da
感謝您快速的回信。

이에 감사드립니다.

i.e/gam.sa.deu.rim.ni.da

謹此致謝。

다시 한 번 감사합니다.

da.si/han/bo*n/gam.sa.ham.ni.da

再次感謝您。

보내 주신 선물은 정말 감사합니다.

bo.ne*/ju.sin/so*n.mu.reun/jo*ng.mal/gam.sa.ham.ni.da

感謝您寄來的禮物。

지난 주 회의에 와 주셔서 감사합니다.

ji.nan/ju/hwe.ui.e/wa/ju.syo*.so*/gam.sa.ham.ni.da

謝謝您上星期來參加會議。

양해해 주셔서 감사합니다.

yang.he*.he*/ju.syo*.so*/gam.sa.ham.ni.da

感謝您的諒解。

문의해 주셔서 감사합니다.

mu.nui.he*/ju.syo*.so*/gam.sa.ham.ni.da

感謝您的詢問。

지난 번에 초대해 주셔서 감사합니다. 다음에 대만에 오시면 저희가 초대하겠습니다.

ji.nan/bo*.ne/cho.de*.he*/ju.syo*.so*/gam.sa.ham.ni.da//

da.eu.me/de*.ma.ne/o.si.myo*n/jo*.hi.ga/cho.de*.ha.get.

sseum.ni.da

感謝您上次的招待。下次您來台灣，換我們招待您。

여러 가지로 도움을 주셔서 감사합니다.

yo*.ro*/ga.ji.ro/do.u.meul/jju.syo*.so*/gam.sa.ham.ni.da

感謝您在各方面的幫助。

여러 가지로 협조해 주셔서 대단히 감사합니다.

yo*.ro*/ga.ji.ro/hyo*p.jjo.he*/ju.syo*.so*/de*.dan.hi/gam.

sa.ham.ni.da

非常感謝您在各方面的協助。

이렇게 빨리 자료를 주셔서 감사합니다.

i.ro*.ke/bal.li/ja.ryo.reul/jju.syo*.so*/gam.sa.ham.ni.da

感謝您快速將資料寄給我。

2013년 6월 20일자 메일 고맙습니다.

i.cho*n.sip.ssam.nyo*n/yu.wol/i.si.bil.ja/me.il/go.map.sseum.
ni.da

謝謝您2013年6月20號的來信。

귀사의 대답과 건의 감사합니다.

gwi.sa.ui/de*.dap.gwa/go*.nui/gam.sa.ham.ni.da

感謝貴公司的答覆與意見。

이번에 귀사의 많은 도움과 협조에 감사의 뜻을 표합니다.

i.bo*.ne/gwi.sa.ui/ma.neun/do.um.gwa/hyo*p.jjo.e/gam.
sa.ui/deu.seul/pyo.ham.ni.da

感謝這次貴公司的大力幫忙與合作。

시간을 조금만 내서 답변을 해 주신다면 감사하겠습니다.

si.ga.neul/jjo.geum.man/ne*.so*/dap.byo*.neul/he*/ju.sin.
da.myo*n/gam.sa.ha.get.sseum.ni.da

若您願意撥點時間給我們回覆，將感激不盡。

귀사가 저희 제품을 좋아하시니 매우 기쁩니다.

gwi.sa.ga/jo*.hi/je.pu.meul/jjo.a.ha.si.ni/me*.u/gi.beum.ni.da

很高興貴公司能喜歡我們的產品。

한국 방문 중 저에게 열정적인 접대에 진심으로 감사드립니다.

han.guk/bang.mun/jung/jo*.e.ge/yo*l.jo*ng.jo*.gin/jo*p.
de*.e/jin.si.meu.ro/gam.sa.deu.rim.ni.da

感謝您在我訪韓的期間給予熱情的招待。

저희의 제품 문제를 해결해 주셔서 정말 감사합니다. 앞으로 저희가 도울 수 있는 일이 있다면 뭐든지 알려 주십시오.

jo*.hi.ui/je.pum/mun.je.reul/he*.gyo*l.he*/ju.syo*.so*/
jo*ng.mal/gam.sa.ham.ni.da//a.peu.ro/jo*.hi.ga/do.ul/su/
in.neun/i.ri/it.da.myo*n/mwo.deun.ji/al.lyo*/ju.sip.ssi.o

感謝您幫我們解決產品問題，若以後有我們可以幫忙的
事，請儘管告知我們。

어제 보내 주신 보너스 정말 감사드립니다.

o*.je/bo.ne*/ju.sin/bo.no*.seu/jo*ng.mal/gam.sa.deu.rim.ni.da

感謝您昨天寄來的獎金。

이번 프로젝트에 많은 도움을 주셔서 정말 감사드립니다.
김주용 씨가 없었다면 우리는 이렇게 성공적이지 못했을
것입니다.

i.bo*n/peu.ro.jek.teu.e/ma.neun/do.u.meul/jju.syo*.so*/
jo*ng.mal/gam.sa.deu.rim.ni.da//gim.ju.yong/ssi.ga/o*p.
sso*t.da.myo*n/u.ri.neun/i.ro*.ke/so*ng.gong.jo*.gi.ji/
mo.te*.sseul/go*.sim.ni.da

感謝您在這次的計劃案上給予大力幫助。沒有金朱勇先生
您的話，我們將無法這麼成功。

道歉

양해해 주십시오.
yang.he*.he*/ju.sip.ssi.o
請您諒解。

불편을 드려 죄송합니다.
bul.pyo*.neul/deu.ryo*/jwe.song.ham.ni.da
給您帶來不便，相當抱歉。

이번 일을 용서해 주시기 바랍니다.

i.bo*n/i.reul/yong.so*.he*/ju.si.gi/ba.ram.ni.da

這次請您原諒我。

폐를 끼쳐 드렸습니다.

pye.reul/gi.cho*/deu.ryo*t.sseum.ni.da

給您添麻煩了。

귀찮게 해 드려 죄송합니다.

gwi.chan.ke/he*/deu.ryo*/jwe.song.ham.ni.da

很抱歉讓您費心了。

이해해 주시길 바랍니다.

i.he*.he*/ju.si.gil/ba.ram.ni.da

請您諒解。

불편하게 해드렸다면 죄송합니다.

bul.pyo*n.ha.ge/he*.deu.ryo*t.da.myo*n/jwe.song.ham.ni.da

若有給您添麻煩，很抱歉。

화물 인도를 2주나 연기한 것에 대해 진심으로 사과 드립니다.

hwa.mul/in.do.reul/du.ju.na/yo*n.gi.han/go*.se/de*.he*/jin.
si.meu.ro/sa.gwa/deu.rim.ni.da

有關交貨期拖延兩週，我們誠摯地向您道歉。

이 제품이 만족스러운 기능을 제공하지 못해 대단히 죄송
합니다.

i/je.pu.mi/man.jok.sseu.ro*.un/gi.neung.eul/jje.gong.ha.ji/
mo.te*/de*.dan.hi/jwe.song.ham.ni.da

我們很抱歉，這樣產品無法提供令您滿意的功能。

배송이 늦어져 죄송합니다.

be*.song.i/neu.jo*.jo*/jwe.song.ham.ni.da

配送延遲，相當抱歉。

죄송하지만 저희는 식기의 제품만을 생산합니다.

jwe.song.ha.ji.man/jo*.hi.neun/sik.gi.ui/je.pum.ma.neul/
sse*ng.san.ham.ni.da

對不起，我們只生產餐具製品。

죄송하지만 저희는 꿀은 생산하지 않습니다.

jwe.song.ha.ji.man/jo*.hi.neun/gu.reun/se*ng.san.ha.ji/
an.sseum.ni.da

對不起，我們不生產蜂蜜。

저희가 귀사에 끼친 불편을 진심으로 사과드리며 제시해 드린 해결방안 중 어느 것이 귀사에 제일 유리한지 알려 주시기 바랍니다.

jo*.hi.ga/gwi.sa.e/gi.chin/bul.pyo*.neul/jjin.si.meu.ro/

sa.gwa.deu.ri.myo*/je.si.he*/deu.rin/he*.gyo*l.bang.an/

jung/o*.neu/go*.si/gwi.sa.e/je.il/yu.ri.han.ji/al.lyo*/ju.si.gi/

ba.ram.ni.da

造成貴公司的不便，我們真心向您道歉，從我們提出的解決方案中，請選擇一樣對貴公司最有利的方案後告知我們。

未能及時回信

좀 더 일찍 답장 드리지 못해 죄송합니다.

jom/do*/il.jjik/dap.jjang/deu.ri.ji/mo.te*/jwe.song.ham.ni.da

無法早點給您回覆，很抱歉。

좀 더 빨리 연락을 드리지 못해 죄송합니다.

jom/do*/bal.li/yo*l.la.geul/deu.ri.ji/mo.te*/jwe.song.ham.ni.da

不能早些聯絡您，很抱歉。

업무가 바빠 제때에 회신을 못한 것을 용서해 주십시오.

o*m.mu.ga/ba.ba/je.de*.e/hwe.si.neul/mo.tan/go*.seul/

yong.so*.he*/ju.sip.ssi.o

由於業務繁忙，無法及時回信，請原諒。

답장이 늦어져서 죄송합니다.

dap.jjang.i/neu.jo*.jo*.so*/jwe.song.ham.ni.da

回信遲了，很抱歉。

많은 시간을 빼앗아 죄송합니다.

ma.neun/si.ga.neul/be*.a.sa/jwe.song.ham.ni.da

耽誤您很多時間，非常抱歉。

지금에서야 답변을 드려 죄송합니다.

ji.geu.me.so*.ya/dap.byo*.neul/deu.ryo*/jwe.song.ham.ni.da

很抱歉現在才給您回信。

조금 더 일찍 연락 드리지 못해 죄송합니다. 급히 처리해야
할 문제가 있었기에 제때에 답장 드리지 못했습니다.

jo.geum/do*/il.jjik/yo*l.lak/deu.ri.ji/mo.te*/jwe.song.ham.

ni.da//geu.pi/cho*.ri.he*.ya/hal/mun.je.ga/i.sso*t.gi.e/

je.de*.e/dap.jjang/deu.ri.ji/mo.te*t.sseum.ni.da

很抱歉未能早些聯絡您。由於有急需處理的問題，因此無
法及時回覆您。

좀 급하게 처리해야 할 일이 생겨서 늦게 회신을 드려 죄송
합니다.

jom/geu.pa.ge/cho*.ri.he*.ya/hal/i.ri/se*ng.gyo*.so*/neut.

ge/hwe.si.neul/deu.ryo*/jwe.song.ham.ni.da

由於突然有急事要處理，所以回信晚了，很抱歉。

要求答覆

메일이나 전화로 연락 주십시오.

me.i.ri.na/jo*n.hwa.ro/yo*l.lak/ju.sip.ssi.o

請用mail或電話與我聯繫。

빠른 답장을 기다리고 있습니다.

ba.reun/dap.jjang/eul/gi.da.ri.go/it.sseum.ni.da

等待您盡快回覆。

이 달 안으로 답장 주시면 좋겠습니다.

i/dal/a.neu.ro/dap.jjang/ju.si.myo*n/jo.ket.sseum.ni.da

請您盡量在本月內給予答覆。

가능한 한 빨리 답장을 받을 수 있기를 고대하고 있습니다.

ga.neung.han/han/bal.li/dap.jjang.eul/ba.deul/ssu/it.gi.reul/

go.de*.ha.go/it.sseum.ni.da

期盼您的盡快回覆。

이번 주 금요일까지 답장을 주십시오.

i.bo*n/ju/geu.myo.il.ga.ji/dap.jjang.eul/jju.sip.ssi.o

請在這周五之前回信。

지난 번에 제가 말씀드린 건에 대해서는 생각해 보셨습니까?

ji.nan/bo*.ne/je.ga/mal.sseum.deu.rin/go*.ne/de*.he*.so*.

neun/se*ng.ga.ke*/bo.syo*t.sseum.ni.ga

上次向您提過的事，您考慮過了嗎？

저희 제품에 대한 관심이 있으신지 알아야 합니다.

jo*.hi/je.pu.me/de*.han/gwan.si.mi/i.sseu.sin.ji/a.ra.ya/ham.

ni.da

我們必須知道您對我們的產品是否感興趣。

결정하시고 메일로 연락 주십시오.

gyo*.l.jo*ng.ha.si.go/me.il.lo/yo*.l.lak/ju.sip.ssi.o

請您決定後以mail告知。

내일까지 제 질문에 대답을 부탁드려도 될까요?

ne*.il.ga.ji/je/jil.mu.ne/de*.da.beul/bu.tak.deu.ryo*.do/dwel.

ga.yo

可以請你在明天以前回覆嗎？

최대한 빨리 알려 주시면 감사하겠습니다.

chwe.de*.han/bal.li/al.lyo*/ju.si.myo*n/gam.sa.ha.get.

sseum.ni.da

若您能盡快告知我們，將很感激。

제가 지난 주에 보내 드린 메일에 대한 답장이 아직 오지 않

아서 다시 연락 드립니다.

je.ga/ji.nan/ju.e/bo.ne*/deu.rin/me.i.re/de*.han/dap.jjang.i/

a.jik/o.ji/a.na.so*/da.si/yo*l.lak/deu.rim.ni.da

由於一直未收到有關上周寄給您的mail答覆，特來信詢問。

가능한 한 빨리 답변해 주세요.

ga.neung.han/han/bal.li/dap.byo*n.he*/ju.se.yo

請您盡量早點回答我們。

지난 번에 상의했던 것에 대해서 결정을 하셨는지 궁금합니다.

ji.nan/bo*.ne/sang.ui.he*t.do*n/go*.se/de*.he*.so*/gyo*l.jo*ng.eul/ha.syo*n.neun.ji/gung.geum.ham.ni.da

我們想知道有關上次與您商量過的事，您是否下決定了？

이번 프로젝트에 대해서 언제쯤 답변을 받을 수 있을까요?

i.bo*n/peu.ro.jek.teu.e/de*.he*.so*/o*n.je.jjeum/dap.byo*.neul/ba.deul/su/i.sseul.ga.yo

有關這次的計畫，何時可以聽到您的答覆呢？

계속 귀사의 답변을 받지 못해서 조금 걱정이 됩니다.

gye.sok/gwi.sa.ui/dap.byo*.neul/bat.jji/mo.te*.so*/jo.geum/go*k.jjo*ng.i/dwem.ni.da

一直沒收到貴公司的答覆，有些擔心。

160

7월 16일에 제가 문의했던 내용에 답변해 주시면 감사하겠습니다.

chi.rwol/si.byu.gi.re/je.ga/mu.nui.he*t.do*n/ne*.yong.e/dap.byo*n.he*/ju.si.myo*n/gam.sa.ha.get.sseum.ni.da

若您能答覆7月16號我詢問的內容，將很感謝。

지난 번 메일의 답변 부탁 드립니다.

ji.nan/bo*n/me.i.rui/dap.byo*n/bu.tak/deu.rim.ni.da

請您對上次的mail作出答覆。

가능한 시간에 연락 주십시오.

ga.neung.han/si.ga.ne/yo*l.lak/ju.sip.ssi.o

請在您方便的時間，與我聯繫。

提供協助

이것이 도움이 되길 바랍니다.

i.go*.si/do.u.mi/dwe.gil/ba.ram.ni.da

希望這能幫助您。

반드시 힘껏 도와 드리겠습니다.

ban.deu.si/him.go*t/do.wa/deu.ri.get.sseum.ni.da

必定大力幫助您。

문제 없습니다. 꼭 해 드리겠습니다.

mun.je/o*p.sseum.ni.da//gok/he*/deu.ri.get.sseum.ni.da

沒問題，一定幫您。

물론 됩니다. 안심하십시오.

mul.lon/dwem.ni.da//an.sim.ha.sip.ssi.o

當然可以，請您放心。

도와 드릴 일이 있다면 알려 주십시오.

do.wa/deu.ril/i.ri/it.da.myo*n/al.lyo*/ju.sip.ssi.o

若有我們能幫忙的，請告知。

기꺼이 도와 드리겠습니다.

gi.go*.i/do.wa/deu.ri.get.sseum.ni.da

我將樂意幫助您。

제가 보내 드려야 할 것이 있으면 언제든 알려 주세요.

je.ga/bo.ne*/deu.ryo*.ya/hal/go*.si/i.sseu.myo*n/o*n.

je.deun/al.lyo*/ju.se.yo

若有需要我寄東西給您，請隨時告知。

제가 최대한 협조할 것을 약속 드립니다.

je.ga/chwe.de*.han/hyo*p.jjo.hal/go*.seul/yak.ssok/deu.rim.
ni.da

我保證大力合作。

저희가 하는 일을 알고 싶으시다면 연락 주시기 바랍니다.

jo*.hi.ga/ha.neun/i.reul/al.go/si.peu.si.da.myo*n/yo*l.lak/
ju.si.gi/ba.ram.ni.da

若您想了解我們在做的事，請與我聯繫。

請求協助

협조하여 처리해 주시기 간절히 바랍니다.

hyo*p.jjo.ha.yo*/cho*.ri.he*/ju.si.gi/gan.jo*l.hi/ba.ram.ni.da

懇切期盼您的協助與處理。

장 부장님께 말씀 전해 주시기 바랍니다.

jang/bu.jang.nim.ge/mal.sseum/jo*n.he*/ju.si.gi/ba.ram.ni.da

請您轉告給張部長。

신속히 알아봐 주시기 바랍니다.

sin.so.ki/a.ra.bwa/ju.si.gi/ba.ram.ni.da

請您盡快了解一下。

저희에게 전화 번호와 주소를 알려 주십시오.

jo*.hi.e.ge/jo*n.hwa/bo*n.ho.wa/ju.so.reul/al.lyo*/ju.sip.ssi.o

請告知我們電話號碼和地址。

귀국의 대외 무역 정책에 대해 알고 싶습니다.

gwi.gu.gui/de*.we/mu.yo*k/jo*ng.che*.ge/de*.he*/al.go/sip.

sseum.ni.da

我想了解有關貴國對外貿易的政策。

원하신다면 귀사의 방안을 제시해 주십시오.

won.ha.sin.da.myo*n/gwi.sa.ui/bang.a.neul/jje.si.he*/ju.sip.ssi.o

如果您願意，請提出貴公司的方案。

세부 사항에 의견이 있으시면 말씀해 주시기 바랍니다.

se.bu/sa.hang.e/ui.gyo*.ni/i.sseu.si.myo*n/mal.sseum.he*/

ju.si.gi/ba.ram.ni.da

如果對具體事項有意見的話，請提出來。

지난 번에 논의했던 부분이 처리되지 않았습니다. 다시 처리해 주시기를 부탁드립니다.

ji.nan/bo*.ne/no.nui.he*t.do*n/bu.bu.ni/cho*.ri.dwe.ji.a.nat.sseum.ni.da//da.si/cho*.ri.he*/ju.si.gi.reul/bu.tak.deu.rim.ni.da

上次與您討論過的部分，您尚未處理。請您盡快處理。

이 심각한 문제를 신속히 해결할 수 있기를 바랍니다.

i/sim.ga.kan/mun.je.reul/ssin.so.ki/he*.gyo*l.hal/ssu/it.gi.reul/ba.ram.ni.da

請您盡快解決這個嚴重的問題。

믿을 만한 몇 회사를 알려 주시면 감사하겠습니다.

mi.deul/man.han/myo*t/hwe.sa.reul/al.lyo*/ju.si.myo*n/gam.sa.ha.get.sseum.ni.da

若您能告知幾家值得信任的公司，將不勝感激。

어떤 해결 방안을 준비하고 있는지 팩스나 메일로 저희에게 알려 주십시오.

o*.do*n/he*.gyo*l/bang.a.neul/jjun.bi.ha.go/in.neun.ji/pe*k.sseu.na/me.il.lo/jo*.hi.e.ge/al.lyo*/ju.sip.ssi.o

請用傳真或電子郵件告知我們貴公司打算以何種方案來解決問題。

이 점이 저희에게는 매우 중요하다는 걸 잊지 말아 주십시오.

i/jo*.mi/jo*.hi.e.ge.neun/me*.u/jung.yo.ha.da.neun/go*l/

it.jji/ma.ra/ju.sip.ssi.o

請記住這點對我們非常重要。

拜訪通知

가능하면 다음 주 화요일에 뵙고 싶습니다.

ga.neung.ha.myo*n/da.eum/ju/hwa.yo.i.re/bwep.go/sip.

sseum.ni.da

方便的話，我希望下星期二見您一面。

이번 금요일은 어떻겠습니까?

i.bo*n/geu.myo.i.reun/o*.do*.ket.sseum.ni.ga

這週五您方便嗎？

16일에 뵐 수 있을까요?

si.byu.gi.re/bwel/su/i.sseul.ga.yo

16號可以見上一面嗎？

귀사의 전시장을 참관하고 싶습니다.

gwi.sa.ui/jo*n.si.jang.eul/cham.gwan.ha.go/sip.sseum.ni.da

我想參觀貴公司的展示中心。

**이번 목요일 오전 10시에 귀사를 방문하고 싶습니다. 귀사
의 사정이 어떠신지 알려 주시기 바랍니다.**

i.bo*n/mo.gyo.il/o.jo*n/yo*l.si.e/gwi.sa.reul/bang.mun.
ha.go/sip.sseum.ni.da//gwi.sa.ui/sa.jo*ng.i/o*.do*.sin.ji/
al.lyo*/ju.si.gi/ba.ram.ni.da

這週四上午十點，希望能拜訪貴公司，請告知貴公司的情況。

귀사의 공장을 한 번 방문하고 싶습니다.

gwi.sa.ui/gong.jang.eul/han/bo*n/bang.mun.ha.go/sip.
sseum.ni.da

我們希望參觀貴公司的工廠。

● 回應拜訪

저희 회사에 오시는 것을 환영합니다.

jo*.hi/hwe.sa.e/o.si.neun/go*.seul/hwa.nyo*ng.ham.ni.da

歡迎您來我們公司。

저희 공장에 오시는 것을 진심으로 환영합니다.

jo*.hi/gong.jang.e/o.si.neun/go*.seul/jjin.si.meu.ro/hwa.

nyo*ng.ham.ni.da

真心歡迎您來我們工廠。

귀사의 인원이 저희 공장을 방문하는 것을 환영합니다.

gwi.sa.ui/i.nwo.ni/jo*.hi/gong.jang.eul/bang.mun.ha.neun/

go*.seul/hwa.nyo*ng.ham.ni.da

歡迎貴公司人員來參觀拜訪我廠。

● 通知新的電話號碼

제 핸드폰 번호가 바뀌었음을 알려 드립니다.

je/he*n.deu.pon/bo*n.ho.ga/ba.gwi.o*.sscu.meul/al.lyo*/

deu.rim.ni.da

來信告知您我的手機號碼已變更。

이제는 (886)918-031-241로 연락 주십시오.

i.je.neun/pal.pa.ryuk.gu.il.pa.re/gong.sa.mi.re/i.sa.il.lo/yo*l.

lak/ju.sip.ssi.o

現在請以(886)918-031-241這個號碼聯繫我。

이전 번호는 삭제 부탁 드립니다.

i.jo*n/bo*n.ho.neun/sak.jje/bu.tak/deu.rim.ni.da

煩請刪掉以前的電話。

저희의 전화 번호가 바뀌었음을 말씀 드리려고 메일을 드립니다.

jo*.hi.ui/jo*n.hwa/bo*n.ho.ga/ba.gwi.o*.sseu.meul/mal.

sseum/deu.ri.ryo*.go me.i.reul/deu.rim.ni.da

來信告知我們的電話號碼已變更。

새로운 전화 번호는 (886)2-2971-8663입니다.

se*.ro.un/jo*n.hwa/bo*n.ho.neunpal.pa.ryuk/i.e/i.gu.chi.

ri.re/pa.ryu.gyuk.ssa.mim.ni.da

新的電話號碼為(886)2-2971-8663。

바뀐 전화 번호는 다음과 같습니다. 감사합니다.

ba.gwin/jo*n.hwa/bo*n.ho.neun/da.eum.gwa/gat.sseum.

ni.da//gam.sa.ham.ni.da

更改的電話號碼如下，謝謝。

通知新的Mail地址

제 이메일 주소가 변경되었음을 알려 드립니다.

je/i.me.il/ju.so.ga/byo*n.gyo*ng.dwe.o*.sseu.meul/al.lyo*/

deu.rim.ni.da

來信告知您我的Mail地址已變更。

연락은 forever74@ms45.hinet.net로 주십시오.

yo*l.la.geun /forever/chil.sa/gol.baeng.i/ms/sa.o/hinet/net/

ro/ju.sip.ssi.o

請以forever74@ms45.hinet.net與我聯繫。

제 이메일 주소가 forever74@ms45.hinet.net로 바뀌었습

니다.

je/i.me.il/ju.so.ga/forever/chil.sa/gol.baeng.i/ms/sa.o/hinet/

net/ro/ba.gwi.o*t.sseum.ni.da

我的電子信箱已更改為forever74@ms45.hinet.net。

새로 바뀐 제 이메일 주소입니다.

se*.ro/ba.gwin/je/i.me.il/ju.so.im.ni.da

這是我新換的郵件地址。

향후 아래 주소로 보내 주십시오.

hyang.hu/a.re*/ju.so.ro/bo.ne*/ju.sip.ssi.o

今後請以下方地址與我聯繫。

이제부터 저에게 연락을 주시려거든 forever74@ms45.hinet.net로 주십시오.

i.je.bu.to*/jo*.e.ge/yo*l.la.geul/jju.si.ryo*.go*.deun/forever/chil.sa/gol.baeng.i/ms/sa.o/hinet/net/ro/ju.sip.ssi.o

從現在起若要與我聯繫，請寄至forever74@ms45.hinet.net。

제 이메일 주소가 변경되었습니다. 이제는 forever74@ms45.hinet.net로 연락주셔야 합니다.

je/i.me.il/ju.so.ga/byo*n.gyo*ng.dwe.o*t.sseum.ni.da//i.je.neun/forever/chil.sa/gol.baeng.i/ms/sa.o/hinet/net/ro/yo*l.lak.jju.syo*.ya/ham.ni.da

我的電子郵箱地址已變更。現在您需以forever74@ms45.hinet.net與我聯繫。

주소록에 있는 제 메일 주소를 변경해 주시기 바랍니다.

ju.so.ro.ge/in.neun/je/me.il/ju.so.reul/byo*n.gyo*ng.he*/

ju.si.gi/ba.ram.ni.da

請更改您通訊錄中的電子郵箱地址。

제 이메일은 forever74@ms45.hinet.net입니다.

je/i.me.i.reun/forever/chil.sa/gol.baeng.i/ms/sa.o/hinet/net/

im.ni.da

我的電子郵件是 forever74@ms45.hinet.net。

希望進行商談

지불 조건에 관해서는 별도로 상담하고자 합니다.

ji.bul/jo.go*.ne/gwan.he*.so*.neun/byo*l.do.ro/sang.dam.

ha.go.ja/ham.ni.da

支付方式及條件另談。

함께 이번 주문에 대해 얘기를 나눌 수 있는 시간을 내주셨

으면 합니다.

ham.ge/i.bo*n/ju.mu.ne/de*.he*/ye*.gi.reul/na.nul/su/

in.neun/si.ga.neul/ne*.ju.syo*.sseu.myo*n/ham.ni.da

希望您可以撥時間與我們一同談談有關這次的訂單。

우리 언제쯤 협상할 수 있을까요?

u.ri/o*n.je.jjeum/hyo*p.ssang.hal/ssu/i.sseul.ga.yo

我們什麼時候可以協商？

다음 주에 서울로 갈 예정인데 이번 거래에 대해 얘기를 나누고 싶습니다.

da.eum/ju.e/so*.ul.lo/gal/ye.jo*ng.in.de/i.bo*n/go*.re*.e/de*.he*/ye*.gi.reul/na.nu.go/sip.sseum.ni.da

我預計下周會到首爾，希望和您聊聊有關這次的交易。

저희와 만나 보시겠습니까?

jo*.hi.wa/man.na/bo.si.get.sseum.ni.ga

您願意和我們見上一面嗎？

저는 저희 제품에 대해 말씀 드리고자 합니다.

jo*.neun/jo*.hi/je.pu.me/de*.he*/mal.sseum/deu.ri.go.ja/ham.ni.da

我想與您報告有關我們產品的事。

의논하실 일이 있으면 저에게 연락 주십시오.

ui.non.ha.sil/i.ri/i.sseu.myo*n/jo*.e.ge/yo*l.lak/ju.sip.ssi.o

若您有事想與我們討論，請與我聯繫。

저희 제품 라인에 대해 이야기를 나눠 볼 기회가 있으면 좋
겠습니다.

jo*.hi/je.pum/ra.i.ne/de*.he*/i.ya.gi.reul/na.nwo/bol/gi.hwe.

ga/i.sseu.myo*n jo.ket.sseum.ni.da

希望有機會可以與您談談有關我們的產品線。

相約見面時間

만날 약속 다시 확인하려고 이메일을 드렸습니다.

man.nal/yak.ssok/da.si/hwa.gin.ha.ryo*.go/i.me.i.reul/deu.

ryo*t.sseum.ni.da

我發這封mail給您是想確認一下我們約好見面的事情。

약속 시간을 좀 변경해야겠습니다.

yak.ssok/si.ga.neul/jjom/byo*n.gyo*ng.he*.ya.get.sseum.ni.da

我們見面的時間需要改一下。

다른 때로 잡아도 되겠습니까?

da.reun/de*.ro/ja.ba.do/dwe.get.sseum.ni.ga

另找時間可以嗎？

언제 방문하면 좋을까요?

o*n.je/bang.mun.ha.myo*n/jo.eul.ga.yo

我什麼時候能去拜訪您？

제가 한 시간쯤 늦을 것 같습니다.

je.ga/han/si.gan.jjeum/neu.jeul/go*t/gat.sseum.ni.da

我大概會晚一個小時左右。

이번 금요일은 어떨까요?

i.bo*n/geu.myo.i.reun/o*.do*l.ga.yo

這星期五如何？

만날 시간을 다시 확인하려고 메일 드립니다.

man.nal/ssi.ga.neul/da.si/hwa.gin.ha.ryo*.go/me.il/deu.rim.
ni.da

來信是想再次確認見面的時間。

좀 급하게 처리해야 할 일이 생겨서 이번 만남을 어쩔 수 없이 취소해야겠습니다.

jom/geu.pa.ge/cho*.ri.he*.ya/hal/i.ri/se*ng.gyo*.so*/i.bo*n/
man.na.meul/o*.jjo*l/su/o*p.ssi/chwi.so.he*.ya.get.sseum.ni.da

由於突然有急事要處理，我不得不取消這次的會面。

약속 시간을 좀 변경해야겠습니다.

yak.ssok/si.ga.neul/jjom/byo*n.gyo*ng.he*.ya.get.sseum.ni.da

我們約定的時間需要改一下。

언제가 좋으시겠습니까?

o*n.je.ga/jo.eu.si.get.sseum.ni.ga

您什麼時候方便呢？

죄송합니다만, 그 날에 다른 약속이 있습니다.

jwe.song.ham.ni.da.man//geu/na.re/da.reun/yak.sso.gi/

it.sseum.ni.da.

對不起，那天我有別的事。

그날은 괜찮습니다.

geu.na.reun/gwe*n.chan.sseum.ni.da

那天我可以。

邀請

부디 바쁘신 중에도 시간을 내서 와 주시기 바랍니다.

bu.di/ba.beu.sin/jung.e.do/si.ga.neul/ne*.so*/wa/ju.si.gi/
ba.ram.ni.da

請您撥冗蒞臨。

**이 메일을 통하여 저희 제품 전시회에 참가해 주시기 부탁
드립니다.**

i/me.i.reul/tong.ha.yo*/jo*.hi/je.pum/jo*n.si.hwe.e/cham.
ga.he*/ju.si.gi/bu.tak.deu.rim.ni.da

特函請您蒞臨本公司的產品展示會。

조만간 저희 회사에 모실 수 있기를 고대합니다.

jo.man.gan/jo*.hi/hwe.sa.e/mo.sil/su/it.gi.reul/go.de*.ham.ni.da

我們期待可以有機會邀請您來本公司。

**이번 금요일에 저희 집으로 오셔서 함께 저녁을 하는 건 어
떠신가요?**

i.bu*n/geu.myo.i.re/jo*.hi/ji.beu.ro/o.syo*.so*/ham.ge/jo*.
nyo*.geul/ha.neun/go*n/o*.do*.sin.ga.yo

這個星期五來我們家共用晚餐如何？

저녁 식사를 한 번 대접하고 싶은데요. 언제 시간이 되실지 알려 주십시오.

jo*.nyo*k/sik.ssa.reul/han/bo*n/de*.jo*.pa.go/si.peun.
de.yo//o*n.je/si.ga.ni/dwe.sil.ji/al.lyo*/ju.sip.ssi.o

想招待您吃頓晚飯，請告知您何時方便。

오실 수 있으신지 알려 주십시오.

o.sil/su/i.sseu.sin.ji/al.lyo*/ju.sip.ssi.o

請告知您是否方便前來。

다음 달에 대만을 방문 오실 수 있으시다면 직접 부장님을 대접하고 싶습니다.

da.eum/da.re/de*.ma.neul/bang.mun/o.sil/su/i.sseu.si.da.
myo*n/jik.jjo*p/bu.jang.ni.meul/de*.jo*.pa.go/sip.sseum.ni.da

若下個月您方便來台灣，希望能親自招待部長您。

언제 저희 공장에 한 번 와 보시겠습니까?

o*n.je/jo*.hi/gong.jang.e/han/bo*n/wa/bo.si.get.sseum.ni.ga

您什麼時候來參觀我們的工廠呢？

저희 공장을 참관 후에 저희 제품에 대해 더욱 이해하실 수 있을 것입니다.

jo*.hi/gong.jang.eul/cham.gwan/hu.e/jo*.hi/je.pu.me/de*.
he*/do*.uk/i.he*.ha.sil/su/i.sseul/go*.sim.ni.da

參觀我們的工廠之後，您將更了解我們的產品。

회의를 위해 대만으로 오시는 것에 대해 어떻게 생각하십니까?

hwe.ui.reul/wi.he*/de*.ma.neu.ro/o.si.neun/go*.se/de*.he*/
o*.do*.ke/se*ng.ga.ka.sim.ni.ga

您願意來台灣開會嗎？

김 부장님을 초청하고자 메일을 드립니다.

gim/bu.jang.ni.meul/cho.cho*ng.ha.go.ja/me.i.reul/deu.rim.ni.da

來信是想邀請金部長您。

대만으로 오는 것이 가능하신지요?

de*.ma.neu.ro/o.neun/go*.si/ga.neung.ha.sin.ji.yo

您方便過來台灣嗎？

● 回應邀請

초청에 감사 드립니다. 저는 삼월쯤에 한국에 방문할 수 있을 것 같습니다.

cho.cho*ng.e/gam.sa/deu.rim.ni.da//jo*.neun/sa.mwol.jjeu. me/han.gu.ge/bang.mun.hal/ssu/i.sseul/go*t/gat.sseum.ni.da

感謝您的邀請。我三月左右應該能去韓國拜訪您。

보내 주신 초대장은 잘 받았습니다.

bo.ne*/ju.sin/cho.de*.jang.eun/jal/ba.dat.sseum.ni.da

已收到您寄來的邀請函。

전시회에 무척 참가하고 싶지만 먼저 다른 일정이 있어서 참가할 수 없을 것 같습니다.

jo*n.si.hwe.e/mu.cho*k/cham.ga.ha.go/sip.jji.man/mo*n. jo*/da.reun/il.jo*ng.i/i.sso*.so*/cham.ga.hal/ssu/o*p.sseul/ go*t/gat.sseum.ni.da

真的很想參加展覽會，但事先安排了其他行程，似乎無法赴邀。

죄송합니다만, 그 날 일정이 꽉 차 있습니다.

jwe.song.ham.ni.da.man//geu/nal/il.jo*ng.i/gwak/cha/

it.sseum.ni.da

對不起，我那天的日程已經排滿了。

초청 정말 감사합니다만, 이번 달에 한국에 가는 것은 어려울 것 같습니다.

cho.cho*ng/jo*ng.mal/gam.sa.ham.ni.da.rnan//i.bo*n/da.re/
han.gu.ge/ga.neun/go*.seun/o*.ryo*.ul/go*t/gat.sseum.ni.da

感謝您的邀請，但這個月可能無法前往韓國拜訪您。

현재 저희 회사의 업무가 너무 바빠서 당분간 출장을 갈 수 없습니다.

hyo*n.je*/jo*.hi/hwe.sa.ui/o*m.mu.ga/no*.mu/ba.ba.so*/
dang.bun.gan/chul.jang.eul/gal/ssu/o*p.sseum.ni.da

目前我們公司的業務繁忙，暫時無法出差。

지금은 저희 신제품이 출시되는 중요한 시기이기 때문에 한 두 달동안은 한국에 갈 수 없습니다.

ji.geu.meun/jo*.hi/sin.je.pu.mi/chul.si.dwe.neun/jung.
yo.han/si.gi.i.gi/de*.mu.ne/han/du/dal.dong.a.neun/han.
gu.ge/gal/ssu/o*p.sseum.ni.da

由於現在是我們新產品上市的重要時期，這一兩個月都沒辦法去韓國。

지금 저희 회사에 밀린 일이 너무 많아 서울에 가서 만나 뵐
여유가 없을 것 같습니다.

ji.geum/jo*.hi/hwe.sa.e/mil.lin/i.ri/no*.mu/ma.na/so*.u.re/

ga.so*/man.na/bwel/yo*.yu.ga/o*p.sseul/go*t/gat.sseum.ni.da

目前我們公司堆積的業務過多，可能沒有時間前往首爾拜
訪您。

한국으로 가는 것은 매우 좋은 생각이라고 봅니다. 저도 이
번 기회를 통해서 귀사의 공장을 한 번 참관하고 싶습니다.

han.gu.geu.ro/ga.neun/go*.seun/me*.u/jo.eun/se*ng.ga.gi.

ra.go/bom.ni.da//jo*.do/i.bo*n/gi.hwe.reul/tong.he*.so*/

gwi.sa.ui/gong.jang.eul/han/bo*n/cham.gwan.ha.go/sip.

sseum.ni.da

我認為去韓國是很好的提案。我也想藉由這次機會，參觀
看看貴公司的工廠。

한국에서 뵙는 날을 고대하겠습니다.

han.gu.ge.so*/bwem.neun/na.reul/go.de*.ha.get.sseum.ni.da

我將期待在韓國與您會面的日子。

去韓國出差

서울에 도착하는 대로 귀사와 연락을 취하여 만남 시간을 약속할 것입니다.

so*.u.re/do.cha.ka.neun/de*.ro/gwi.sa.wa/yo*l.la.geul/chwi. ha.yo*/man.nam/si.ga.neul/yak.sso.kal/go*.sim.ni.da

我一到首爾就會與貴公司聯繫，約定見面時間。

8월 10일부터 일주일쯤 서울에 체류할 것입니다.

pa.rwol/si.bil.bu.to*/il.ju.il.jjeum/so*.u.re/che.ryu.hal/go*. sim.ni.da

從8月10號開始，我們將在首爾待一週左右。

오전 11시에 인천공항에 도착할 대한항공 제221편 항공기를 탈 예정입니다.

o.jo*n/yo*l.han/si.e/in.cho*n.gong.hang.e/do.cha.kal/de*. han.hang.gong/je/i.be*.gi.si.bil.pyo*n/hang.gong.gi.reul/tal/ ye.jo*ng.im.ni.da

我預計將搭乘上午11點抵達仁川機場的大韓航空第221號班機。

6월 12일 오후에 귀사를 방문하겠습니다.

yu.wol/si.bi.il/o.hu.e/gwi.sa.reul/bang.mun.ha.get.sseum.ni.da

6月12號下午，我將前往拜訪貴公司。

편하신 날짜를 알려 주시기 바랍니다.

pyo*n.ha.sin/nal.jja.reul/al.lyo*/ju.si.gi/ba.ram.ni.da

請告知您方便的日期。

客戶來台灣拜訪

직접 강 부장님과 만나 뵐 수 있게 되어 무척 기쁩니다.

jik.jjo*p/gang.bu.jang.nim.gwa/man.na/bwel/su/it.ge/dwe.
o*/mu.cho*k/gi.beum.ni.da

很高興可以親自與姜部長您會面。

저희 사장님은 귀측과의 만남을 고대하고 있습니다.

jo*.hi/sa.jang.ni.meun/gwi.cheuk.gwa.ui/man.na.meul/
go.de*.ha.go/it.sseum.ni.da

我們社長一直期待與貴方的會面。

대만에는 얼마나 계실 것입니까?

de*.ma.ne.neun/o*l.ma.na/gye.sil/go*.sim.ni.ga

您要在台灣待多久？

저희 회사를 소개해 드리겠습니다.

jo*.hi/hwe.sa.reul/sso.ge*.he*/deu.ri.get.sseum.ni.da

向您介紹一下我們公司。

귀한 시간 내 주셔서 감사합니다.

gwi.han/si.gan/ne*/ju.syo*.so*/gam.sa.ham.ni.da

感謝您願意抽出寶貴的時間。

休假通知

내일부터 일주일 동안 제가 휴가를 가서 알려 드리고자 메일을 보냅니다. 급한 문제가 생기면 장 과장님이 저 대신에 일을 처리해 주실 겁니다.

ne*.il.bu.to*/il.ju.il/dong.an/je.ga/hyu.ga.reul/ga.so*/al.lyo*/
deu.ri.go.ja/me.i.reul/bo.ne*m.ni.da//geu.pan/mun.je.ga/
se*ng.gi.myo*n/jang/gwa.jang.ni.mi/jo*/de*.si.ne/i.reul/
cho*.ri.he*/ju.sil/go*m.ni.da

來信特別告知明天起我將休假一週，有任何緊急問題，張

課長會替我處理。

3월 12일부터 17일까지는 제가 휴가를 가서 사무실에 없을 겁니다. 도움이 필요하시면 저희 장 과장님에게 연락하시면 됩니다.

sa.mwol/si.bi.il.bu.to*/sip.chi.ril.ga.ji.neun/je.ga/hyu.ga.reul/ga.so*/sa.mu.si.re/o*p.sseul/go*m.ni.da//do.u.mi/pi.ryo.ha.si.myo*n/jo*.hi/jang/gwa.jang.ni.me.ge/yo*l.la.ka.si.myo*n/dwem.ni.da

3月12號到17號我休假，不在辦公室。若您需要幫助，與我們張課長連繫即可。

제가 다음 주 수요일에 미국에 출장을 갈 예정입니다. 급한 업무는 다음 주 월요일 전까지 제게 말씀해 주십시오.

je.ga/da.eum/ju/su.yo.i.re/mi.gu.ge/chul.jang.eul/gal/ye.jo*ng.im.ni.da//geu.pan/o*m.mu.neun/da.eum/ju/wo.ryo.il/jo*n.ga.ji/je.ge/mal.sseum.he* ju.sip.ssi.o

我下周三將去美國出差。緊急業務請在下周一前告知我。

確認

7월 4일 저희가 보낸 메일을 받으셨는지 확인하고 싶습니다.

chi.rwol/sa.il/jo*.hi.ga/bo.ne*n/me.i.reul/ba.deu.syo*n.neun.
ji/hwa.gin.ha.go/sip.sseum.ni.da

希望確認我們7月4號寄給您的mail是否收到？

9월 18일자 귀사 질문에 대한 답변입니다.

gu.wol/sip.pa.ril.ja/gwi.sa/jil.mu.ne/de*.han/dap.byo*.nim.
ni.da

這是針對9月18號貴公司的提問所做的答覆。

귀사가 H-895의 청소기가 필요하다고 언급하셨습니까?

gwi.sa.ga/H.pal.gu.o.ui/cho*ng.so.gi.ga/pi.ryo.ha.da.go o*n.
geu.pa.syo*t.sseum.ni.ga

貴公司是否提及需要H-895的吸塵器呢？

**2013년 11월 8일, 제가 보낸 카탈로그를 받으셨는지 확인
하고자 메일을 드렸습니다.**

i.cho*n.sip.ssam.nyo*n/si.bi.rwol/pa.ril//je.ga/bo.ne*n/
ka.tal.lo.geu.reul/ba.deu.syo*n.neun.ji/hwa.gin.ha.go.ja/
me.i.reul/deu.ryo*t.sseum.ni.da

來信是想確認貴公司是否有收到2013年11月8號我寄的商
品目錄呢？

그것은 제가 대조를 해 본 후 다시 말씀드리겠습니다.

geu.go*.seun/je.ga/de*.jo.reul/he*/bon/hu/da.si/mal.sseum.

deu.ri.get.sseum.ni.da

我查對之後再告訴您。

가능한 빨리 상품을 보내 주실 수 있는지 확인하고자 메일
을 드렸습니다.

ga.neung.han/bal.li/sang.pu.meul/bo.ne*/ju.sil/su/in.neun.ji/

hwa.gin.ha.go.ja/me.i.reul/deu.ryo*t.sseum.ni.da

來信是想確認貴公司是否可以盡快將商品寄出。

다시 한 번 확인해 주시면 감사하겠습니다.

da.si/han/bo*n/hwa.gin.he*/ju.si.myo*n/gam.sa.ha.get.

sseum.ni.da

若您能再次進行確認，將很感激。

告知附件內容

메일에 필요한 자료를 한 부 동봉합니다.

me.i.re/pi.ryo.han/ja.ryo.reul/han/bu/dong.bong.ham.ni.da

隨信附上所需資料一份。

제품 사진 몇 장을 동봉하니 참고해 주십시오.

je.pum/sa.jin/myo*t/jang.eul/dong.bong.ha.ni/cham.go.he*/

ju.sip.ssi.o

隨信附上幾張產品照片，請參考。

첨부된 것은 저희 신제품에 대한 자료입니다.

cho*m.bu.dwen/go*.seun/jo*.hi/sin.je.pu.me/de*.han/

ja.ryo.im.ni.da

附件是我們新產品的資料。

첨부된 것은 2013년 7, 8월의 상품 카탈로그입니다.

cho*m.bu.dwen/go*.seun/i.cho*n.sip.ssam.nyo*n/chil.

pa.rwo.re/sang.pum/ka.tal.lo.geu.im.ni.da

附件是2013年7、8月的商品目錄。

첨부된 것은 문의하신 제품에 대한 가격목록입니다.

cho*m.bu.dwen/go*.seun/mu.nui.ha.sin/je.pu.me/de*.han/

ga.gyo*ng.mong.no.gim.ni.da

附件是貴公司所詢問的產品目錄。

첨부된 것은 일에 관한 세부사항입니다.

cho*m.bu.dwen/go*.seun/i.re/gwan.han/se.bu.sa.hang.im.ni.da

附件是有關工作的詳細內容。

● 新產品說明

몇 가지 신제품을 보여드리기 위해 메일을 드립니다. 분명 흥미를 가지실 것이라 믿습니다.

myo*t/ga.ji/sin.je.pu.meul/bo.yo*.deu.ri.gi/wi.he*/me.i.reul/

deu.rim.ni.da//bun.myo*ng/heung.mi.reul/ga.ji.sil/go*.si.ra/

mit.sseum.ni.da

來信是為了向貴公司展示幾樣新產品。我相信您會感興趣的。

이것은 저희의 최신 제품입니다. 많은 관심 바랍니다.

i.go*.seun/jo*.hi.ui/chwe.sin/je.pu.mim.ni.da//ma.neun/

gwan.sim/ba.ram.ni.da

這是我們的最新產品。請多多指教。

이것은 저희 최신형 스마트폰입니다.

i.go*.seun/jo*.hi/chwe.sin.hyo*ng/seu.ma.teu.po.nim.ni.da

這是我們最新型的智慧型手機。

이것은 금방 출시된 노트북입니다.

i.go*.seun/geum.bang/chul.si.dwen/no.teu.bu.gim.ni.da

這是剛上市的筆記型電腦。

지금 네 가지 모델 중에서 선택하실 수 있습니다.

ji.geum/ne/ga.ji/mo.del/jung.e.so*/so*n.te*.ka.sil/su/
it.sseum.ni.da

我們現在有四種不同的型號供你選擇。

이 제품은 혁신적인 신제품입니다.

i/je.pu.meun/hyo*k.ssin.jo*.gin/sin.je.pu.mim.ni.da

這是相當具有革命性的新產品。

먼저 저희 회사 제품의 특징부터 간단히 설명드리겠습니다.

mo*n.jo*/jo*.hi/hwe.sa/je.pu.mui/teuk.jjing.bu.to*/gan.dan.
hi/so*l.myo*ng.deu.ri.get.sseum.ni.da

首先，我從商品的特性開始做個簡單的説明。

다른 부분 제가 상세히 설명드릴 것이 있습니까?

da.reun/bu.bun/je.ga/sang.se.hi/so*l.myo*ng.deu.ril/go*.si/
it.sseum.ni.ga

有其他要為您詳細說明的地方嗎？

더 많은 정보를 원하시면 이메일을 통해 저에게 연락 주십
시오.

do*/ma.neun/jo*ng.bo.reul/won.ha.si.myo*n/i.me.i.reul/
tong.he*/jo*.e.ge/yo*l.lak/ju.sip.ssi.o

若您想要更多情報，請透過電子郵件與我聯絡。

저희 제품의 평균 유효기간은 1년입니다.

jo*.hi/je.pu.mui/pyo*ng.gyun/yu.hyo.gi.ga.neun/il.lyo*.nim.
ni.da

我們產品的平均有效期限為一年。

아래 내용을 참고하시기 바랍니다.

a.re*/ne*.yong.eul/cham.go.ha.si.gi/ba.ram.ni.da

請您參考下方內容。

당사는 좋은 조건으로 귀사에 최고의 제품을 제공하고 싶
습니다.

dang.sa.neun/jo.eun/jo.go*.neu.ro/gwi.sa.e/chwe.go.ui/
je.pu.meul/jje.gong.ha.go/sip.sseum.ni.da.
本公司希望以優良的條件提供貴公司最棒的產品。

당사 홈페이지에 입력된 다양한 상품을 참조하시기 바랍니다.

dang.sa/hom.pe.i.ji.e/im.nyo*k.dwen/da.yang.han/sang.
pu.meul/cham.jo.ha.si.gi/ba.ram.ni.da.
請參考我公司網頁上的各項商品。

이 제품은 저희 회사의 인기상품입니다.

i/je.pu.meun/jo*.hi/hwe.sa.ui/in.gi.sang.pu.mim.ni.da
這個產品是我們公司的人氣商品。

이 제품은 대만에서 잘 팔립니다.

i/je.pu.meun/de*.ma.ne.so*/jal/pal.lim.ni.da
這樣產品在台灣賣得很好。

저희 제품에 대해 더 알고 싶으십니까?

jo*.hi/je.pu.me/de*.he*/do*/al.go/si.peu.sim.ni.ga
您還想多了解我們的產品嗎?

이 제품의 특징은 속도가 빠르다는 것입니다.

i/je.pu.mui/teuk.jjing.eun/sok.do.ga/ba.reu.da.neun/go*.sim.ni.da

這產品的特徵就是速度快。

사용해 보시도록 샘플 하나를 보내 드릴 수 있습니다.

sa.yong.he*/bo.si.do.rok/se*m.peul/ha.na.reul/bo.ne*/deu.
ril/su/it.sseum.ni.da

我們可以寄一個樣品給您試用。

**흥미가 있으시다면 참고하시도록 상품 설명서와 해당 자
료들을 보내 드리겠습니다.**

heung.mi.ga/i.sseu.si.da.myo*n/cham.go.ha.si.do.rok/sang.
pum/so*l.myo*ng.so*.wa/he*.dang/ja.ryo.deu.reul/bo.ne*/
deu.ri.get.sseum.ni.da

如果您感興趣的話，我可以將產品説明書和相關資料寄給
您參考。

**당사 제품에 관심이 있으시면 바로 샘플을 보내 드리고 정
식 오퍼를 해 드릴 수 있습니다.**

dang.sa/je.pu.me/gwan.si.mi/i.sseu.si.myo*n/ba.ro/se*m.
peu.reul/bo.ne*/deu.ri.go/jo*ng.sik/o.po*.reul/he*/deu.ril/
su/it.sseum.ni.da

如果您對本公司產品感興趣，我們可以立即將樣品送上，
並給您正式的報價。

저희는 새로운 제품에 관심이 있습니다.

jo*.hi.neun/se*.ro.un/je.pu.me/gwan.si.mi/it.sseum.ni.da

我們對新產品很感興趣。

要求相關產品資料

추가 정보를 요청하고 싶습니다.

chu.ga/jo*ng.bo.reul/yo.cho*ng.ha.go/sip.sseum.ni.da

想請您給我們更多的信息。

해당 자료를 팩스로 보내 주실 수 있을까요?

he*.dang/ja.ryo.reul/pe*k.sseu.ro/bo.ne*/ju.sil/su/i.sseul.ga.yo

可以請您將相關資料用傳真寄過來嗎？

서면 보고서를 보내 주십시오.

so*.myo*n/bo.go.so*.reul/bo.ne*/ju.sip.ssi.o

請寄書面報告過來。

이 자료들이 급히 필요합니다.

i/ja.ryo.deu.ri/geu.pi/pi.ryo.ham.ni.da

我們急需這些資料。

귀사의 최근 카탈로그 좀 주시겠어요?

gwi.sa.ui/chwe.geun/ka.tal.lo.geu/jom/ju.si.ge.sso*.yo

可以給我一些貴公司最近的商品目錄嗎?

원본을 우편으로 보내 주십시오.

won.bo.neul/u.pyo*.neu.ro/bo.ne*/ju.sip.ssi.o

正本請用郵件寄過來。

제품 설명서나 제품 카탈로그를 받아보고 싶습니다.

je.pum/so*l.myo*ng.so*.na/je.pum/ka.tal.lo.geu.reul/ba.da.

bo.go/sip.sseum.ni.da

我們想領取產品說明書以及產品目錄。

제품 및 가격의 목록표를 속달로 보내 주시면 감사하겠습
니다.

je.pum/mit/ga.gyo*.gui/mong.nok.pyo.reul/ssok.dal.lo/

bo.ne*/ju.si.myo*n/gam.sa.ha.get.sseum.ni.da

若您能用快遞將產品及價格表寄給我們，將感激不盡。

각 제품에 관해 사이즈, 컬러, 가격이 포함된 상세한 자료를 메일로 보내 주시기 바랍니다.

gak/je.pu.me/gwan.he*/sa.i.jeu/ko*l.lo*/ga.gyo*.gi/po.ham.

dwen/sang.se.han/ja.ryo.reul/me.il.lo/bo.ne*/ju.si.gi/ba.ram.

ni.da

請將包含各產品尺寸、顏色、價格等的詳細資料以mail的
方式寄給我們。

CIF가격, 할인율, 납기등 상세한 정보를 알려 주십시오.

CIF.ga.gyo*k/ha.ri.nyul/nap.gi.deung/sang.se.han/jo*ng.

bo.reul/al.lyo*/ju.sip.ssi.o

請告知CIF價格、打折率、交貨期等的詳細資訊。

카탈로그가 있으시면 받아보고 싶습니다.

ka.tal.lo.geu.ga/i.sseu.si.myo*n/ba.da.bo.go/sip.sseum.ni.da

若貴公司有商品目錄，我們想參考看看。

제품에 대한 정보를 보내 주시겠습니까?

je.pu.me/de*.han/jo*ng.bo.reul/bo.ne*/ju.si.get.sseum.ni.ga

可否寄給我們有關產品的資訊？

카탈로그와 샘플을 보고 싶습니다만, 보내 주실 수 있으신 지요?

ka.tal.lo.geu.wa/se*m.peu.reul/bo.go/sip.sseum.ni.da.man//
bo.ne*/ju.sil/su/i.sseu.sin.ji.yo

我們想看看商品目錄及樣品，可以寄過來給我們嗎？

귀사 제품의 샘플을 요청하려고 메일을 드립니다.

gwi.sa/je.pu.mui/se*m.peu.reul/yo.cho*ng.ha.ryo*.go/
me.i.reul/deu.rim.ni.da

來信是想向貴公司索取產品的樣品。

이 제품의 설명서도 보내 주실 수 있는지 궁금합니다.

i/je.pu.mui/so*l.myo*ng.so*.do/bo.ne*/ju.sil/su/in.neun.ji/
gung.geum.ham.ni.da

這個產品的說明書是否也能寄過來給我。

귀사 신제품인 텔레비전 GT-93에 대한 관심이 있으니 카탈 로그와 가격표를 보내 주십시오.

gwi.sa/sin.je.pu.min/tel.le.bi.jo*n/GT.gu.sa.me/de*.han/
gwan.si.mi/i.sseu.ni/ka.tal.lo.geu.wa/ga.gyo*k.pyo.reul/
bo.ne*/ju.sip.ssi.o

我們對貴公司的新產品GT-93電視很感興趣，請寄商品目

錄及價格表過來。

귀사의 신제품 SD-873에 대해 자세한 자료를 팩스나 메일로 보내 주시면 감사하겠습니다.

gwi.sa.ui/sin.je.pum/SD.pal.chil.ssa.me/de*.he*/ja.se.han/
ja.ryo.reul/pe*k.sseu.na/me.il.lo/bo.ne*/ju.si.myo*n/gam.
sa.ha.get.sseum.ni.da

有關貴公司的新產品SD-873，若貴公司能以傳真或電子郵件寄詳細的資料給我們，將不勝感激。

寄出樣品或資料

수입하실 생각이 있으시면 견본을 보내 드리겠습니다.

su.i.pa.sil/se*ng.ga.gi/i.sseu.si.myo*n/gyo*n.bo.neul/bo.ne*/
deu.ri.get.sseum.ni.da

若您有打算進口，我們可將樣品寄過去。

아래의 샘플 각 2개씩을 송부해 주시기 바랍니다.

a.re*.ui/se*m.peul/gak/du.ge*.ssi.geul/ssong.bu.he*/ju.si.gi/
ba.ram.ni.da

請將下述的產品各寄兩個樣品過來。

저희가 흥미를 갖고 있는 제품은 귀사의 GD-974형입니다. 샘플 1개를 항공편으로 보내 주시기 바랍니다. 가능하면 가격도 명기해 주시기 바랍니다.

jo*.hi.ga/heung.mi.reul/gat.go/in.neun/je.pu.meun/gwi.sa.ui/
GD.gu.chil.sa.hyo*ng.im.ni.da//se*m.peul/han.ge*.reul/hang.
gong.pyo*.neu.ro/bo.ne*/ju.si.gi/ba.ram.ni.da//ga.neung.
ha.myo*n/ga.gyo*k.do/myo*ng.gi.he*/ju.si.gi/ba.ram.ni.da

我們感興趣的產品是貴公司的GD-974型。請貴公司用空運寄一個樣品過來。方便的話，請註明價格。

보다 자세한 상품 정보가 필요하시면 바로 저에게 연락 주십시오.

bo.da/ja.se.han/sang.pum/jo*ng.bo.ga/pi.ryo.ha.si.myo*n/
ba.ro/jo*.e.ge/yo*l.lak/ju.sip.ssi.o

您看過後，若還需要更詳細的商品資訊，請立即與我聯繫。

귀사가 요구하신 대로 카탈로그를 부쳤으니 참고하시기 바랍니다.

gwi.sa.ga/yo.gu.ha.sin/de*.ro/ka.tal.lo.geu.reul/bu.cho*.sseu.
ni/cham.go.ha.si.gi/ba.ram.ni.da

已寄出貴公司要求的產品目錄，請參考。

자세한 정보를 원하시면 편하신 시간에 전화나 이메일 주
시기 바랍니다.

ja.se.han/jo*ng.bo.reul/won.ha.si.myo*n/pyo*n.ha.sin/si.ga.

ne/jo*n.hwa.na/i.me.il/ju.si.gi/ba.ram.ni.da

若您想知道更詳細的資訊，請在您方便的時間以電話或

mail的方式告知我們。

요청하신 해당 문서를 송부하여 드립니다.

yo.cho*ng.ha.sin/he*.dang/mun.so*.reul/ssong.bu.ha.yo*/

deu.rim.ni.da

我們會將您要求的相關文件郵寄給您。

귀사가 저희 제안에 흥미가 있다면 당사는 무역 조회서를
제공하고 싶습니다.

gwi.sa.ga/jo*.hi/je.a.ne/heung.mi.ga/it.da.myo*n/dang.sa.neun/

mu.yo*k/jo.hwe.so*.reul/jje.gong.ha.go/sip.sseum.ni.da

若貴公司對我們的提案感興趣，我們希望可以提供給您貿
易詢證函。

9월 7일 오늘 침대시트 TG-52의 견본을 항공편으로 보내 드립니다.

gu.wol/chi.ril/o.neul/chim.de*.si.teu/TG.o.i.ui/gyo*n.bo.neul/

hang.gong.pyo*.neu.ro/bo.ne*.deu.rim.ni.da

9月7日，今天我們以空運將床單TG-52的樣品寄出。

당사는 최근에 대만에서 제일 잘 팔리는 상품 샘플을 보내 드리겠습니다.

dang.sa.neun/chwe.geu.ne/de*.ma.ne.so*/je.il/jal/pal.li.neun/

sang.pum/se*m.peu.reul/bo.ne*/deu.ri.get.sseum.ni.da

我公司將寄最近在台灣銷售第一的商品樣品給您參考。

귀사의 요청에 따라 가격표와 BV-345의 설명서를 보내 드립니다.

gwi.sa.ui/yo.cho*ng.e/da.ra/ga.gyo*k.pyo.wa/BV.sam.sa.o.ui/

so*l.myo*ng.so*.reul/bo.ne*/deu.rim.ni.da

依據您的要求，我們將寄出價格表以及BV-345的説明書。

詢價

대량 주문에 대한 할인이 있습니까?

de*.ryang/ju.mu.ne/de*.han/ha.ri.ni/it.sseum.ni.ga

大量訂貨有折扣嗎？

890번 제품의 가격이 어떻게 됩니까?

pal.be*k.gu.sip.bo*n/je.pu.mui/ga.gyo*.gi/o*.do*.ke/dwem.ni.ga

型號890的產品價格是多少？

세탁기 YG-861의 가격에 대해 알 수 있을까요?

se.tak.gi/YG.pa.ryu.gi.rui/ga.gyo*.ge/de*.he*/al/ssu/i.sseul.

ga.yo

我們可否了解洗衣機YG-861的價格？

귀사의 카탈로그에 있는 8953번 제품의 가격을 문의하고
자 합니다.

gwi.sa.ui/ka.tal.lo.geu.e/in.neun/pal.gu.o.sam.bo*n/je.pu.

mui/ga.gyo*.geul/mu.nui.ha.go.ja/ham.ni.da

我們想詢問貴公司商品目錄中的8953號產品價格為何？

저희에게 견적을 내 주시겠습니까?

jo*.hi.e.ge/gyo*n.jo*.geul/ne*/ju.si.get.sseum.ni.ga

可否請您給我們報價？

● 報價

오퍼를 요청한 귀사의 8월 14일자 메일을 잘 받아보았습
니다.

o.po*.reul/yo.cho*ng.han/gwi.sa.ui/pa.rwol/sip.ssa.il.ja/
me.i.reul/jal/ba.da.bo.at.sseum.ni.da

感謝貴公司8月14號來信詢問報價。

가격을 먼저 제시해 주십시오.

ga.gyo*.geul/mo*n.jo*/je.si.he*/ju.sip.ssi.o

請您先報價。

다시 연락 주셔서 감사합니다. 내일 전까지는 가격표를 보
내 드리겠습니다.

da.si/yo*l.lak/ju.syo*.so*/gam.sa.ham.ni.da//ne*.il/jo*n.ga.ji.
neun/ga.gyo*k.pyo.reul/bo.ne*/deu.ri.get.sseum.ni.da

感謝您再次聯絡我們。明天以前我們會將價格表寄給您。

귀사가 제시하신 가격은 CIF가격입니까?

gwi.sa.ga/je.si.ha.sin/ga.gyo*.geun/CIFga.gyo*.gim.ni.ga

貴公司的報價是到岸價格嗎？

저희는 샘플을 부쳐드리는 동시에 제일 좋은 가격으로 제공하겠습니다.

jo*.hi.neun/se*m.peu.reul/bu.cho*.deu.ri.neun/dong.si.e/
je.il/jo.eun/ga.gyo*.geu.ro/je.gong.ha.get.sseum.ni.da

我們將樣品寄給您的同時，會提供您最好的價格。

속히 견적서를 보내 주십시오.

so.ki/gyo*n.jo*k.sso*.reul/bo.ne*/ju.sip.ssi.o

請盡速將報價單寄過來。

제시해 주신 가격은 FOB입니까, CIF입니까?

je.si.he*/ju.sin/ga.gyo*.geun/FOB.im.ni.ga/CIF.im.ni.ga

您的報價是FOB還是CIF？

당사의 오퍼를 수락하시기 바라며 forever74@ms45.hinet.net로 알려 주십시오.

dang.sa.ui/o.po*.reul/ssu.ra.ka.si.gi/ba.ra.myo*/forever/chil.
sa/gol.baeng.i/ms/sa.o/hinet/net/ro/al.lyo*/ju.sip.ssi.o

希望貴公司能接納我們的報價，並以電子郵件forever74@
ms45.hinet.net聯繫我們。

殺價

귀사의 상품 가격이 너무 높습니다. 가격을 30달러로 내릴
수 있다면 거래가 성사될 수 있습니다.

gwi.sa.ui/sang.pum/ga.gyo*.gi/no*.mu/nop.sseum.ni.da//

ga.gyo*.geul/ssam.sip.dal.lo*.ro/ne*.ril/su/it.da.myo*n/go*.

re*.ga/so*ng.sa.dwel/su/it.sseum.ni.da

貴公司的產品價格太高了。若您可以將價格降至30美元，
則可望達成交易。

거래가 성립될 수 있도록 우대 가격으로 오퍼해 주십시오.

go*.re*.ga/so*ng.nip.dwel/su/it.do.rok/u.de*/ga.gyo*.geu.

ro/o.po*.he*/ju.sip.ssi.o

請報一個最優惠價以便成交。

귀측이 가격을 15% 내리면 성사될 수 있습니다.

gwi.cheu.gi/ga.gyo*.geul/ssi.bo.po*.sen.teu/ne*.ri.myo*n/

so*ng.sa.dwel/su/it.sseum.ni.da

若貴公司在價格上可降低15%，即可成交。

귀사의 오퍼가 예상했던 것보다 훨씬 높습니다.

gwi.sa.ui/o.po*.ga/ye.sang.he*t.do*n/go*t.bo.da/hwol.ssin/

nop.sseum.ni.da

貴公司的報價比我們預測的高出許多。

귀사가 제시하신 가격으로는 대만에서의 판매가 어려울
것으로 판단됩니다.

gwi.sa.ga/je.si.ha.sin/ga.gyo*.geu.ro.neun/de*.ma.ne.so*.ui/
pan.me*.ga/o*.ryo*.ul/go*.seu.ro/pan.dan.dwem.ni.da

我們判斷貴公司所提出的價格難以在台灣銷售。

가격을 다시 한 번 고려해 주시기 바랍니다.

ga.gyo*.geul/da.si/han/bo*n/go.ryo*.he*/ju.si.gi/ba.ram.ni.da

請貴公司再考慮看看價格的問題。

저희가 아는 제조업자가 있는데 귀사보다 더 낮은 가격을
제시하고 있습니다.

jo*.hi.ga/a.neun/je.jo.o*p.jja.ga/in.neun.de/gwi.sa.bo.da/
do*/na.jeun/ga.gyo*.geul/jje.si.ha.go/it.sseum.ni.da

我們有認識的製造商，提出比貴公司還低的價格。

귀사가 가격을 조금 더 할인해 주시면 당장 오더를 드리겠습니다.

gwi.sa.ga/ga.gyo*.geul/jjo.geum/do*/ha.rin.he*/ju.si.myo*n/

dang.jang/o.do*.reul/deu.ri.get.sseum.ni.da

若貴公司能再給多一點的折扣，我們將立即訂貨。

가격을 좀 더 낮춰 주시면 감사하겠습니다.

ga.gyo*.geul/jjom/do*/nat.chwo/ju.si.myo*n/gam.sa.ha.get.

sseum.ni.da

若貴公司能再降低價格，我們將感激不盡。

이 가격으로 구매하면 대만에서의 판매 자체가 불가능합니다.

i/ga.gyo*.geu.ro/gu.me*.ha.myo*n/de*.ma.ne.so*.ui/pan.

me*/ja.che.ga/bul.ga.neung.ham.ni.da

若以這個價格購買，想在台灣銷售是不可能的。

제시하신 오퍼로 주문이 불가능하니 다시 한 번 가격을 조정해 주십시오.

je.si.ha.sin/o.po*.ro/ju.mu.ni/bul.ga.neung.ha.ni/da.si/han/

bo*n/ga.gyo*.geul/jjo.jo*ng.he*/ju.sip.ssi.o

我們無法以您提出的報價訂貨，請您再調整價格。

10%정도의 할인은 저희에게 별 도움이 되지 못합니다.

sip.po*.sen.teu.jo*ng.do.ui/ha.ri.neun/jo*.hi.e.ge/byo*l/

do.u.mi/dwe.ji/mo.tam.ni.da

10%的折扣對我們來說沒什麼實質折扣。

귀사가 할인폭을 20%까지 올려주신다면 저희는 주문량을 두 배 이상으로 늘리겠습니다.

gwi.sa.ga/ha.rin.po.geul/i.sip.po*.sen.teu.ga.ji/ol.lyo*.ju.sin.

da.myo*n/jo*.hi.neun/ju.mul.lyang.eul/du.be*/i.sang.eu.ro/

neul.li.get.sseum.ni.da

若貴公司願意將折扣率提高至20%，我們的訂貨量將增加兩倍以上。

다른 제조 업체에서는 보통 10%이상의 할인을 해 주는데 귀사는 좀 더 할인율을 높여 주실 수 있습니까?

da.reun/je.jo/o*p.che.e.so*.neun/bo.tong/sip.po*.sen.teu.

i.sang.ui/ha.ri.neul/he*/ju.neun/de/gwi.sa.neun/jom/do*/

ha.ri.nyu.reul/no.pyo*/ju.sil/su/it.sseum.ni.ga

其他製造商通常給予10%以上的折扣，貴公司是否可再提高折扣率呢？

양사가 서로 조금씩 양보해 보는 건 어떻습니까? 귀사에서

17% 할인을 주신다면 저희가 5000상자를 주문하겠습니다.

yang.sa.ga/so*.ro/jo.geum.ssik/yang.bo.he*/bo.neun/go*n/
o*.do*.sseum.ni.ga//gwi.sa.e.so*/sip.chil.po*.sen.teu/ha.ri.
neul/jju.sin.da.myo*n/jo*.hi.ga/o.cho*n.sang.ja.reul/jju.mun.
ha.get.sseum.ni.da

雙方互相退讓一步如何呢？若貴公司能給予17%的折扣，
我們將訂購5000箱。

**가격이 적당하다면 대만에서 좋은 판로를 확보할 수 있으
리라 확신합니다.**

ga.gyo*.gi/jo*k.dang.ha.da.myo*n/de*.ma.ne.so*/jo.eun/pal.
lo.reul/hwak.bo.hal/ssu/i.sseu.ri.ra/hwak.ssin.ham.ni.da

若價格合適，我相信在台灣一定會有好的銷路。

당사의 주문량은 그쪽에 달렸습니다.

dang.sa.ui/ju.mul.lyang.eun/geu.jjo.ge/dal.lyo*t.sseum.ni.da

我公司的訂貨量取決於您。

견적가 좀 더 낮기를 바랍니다.

gyo*n.jo*k.ga/jom/do*/nat.gi.reul/ba.ram.ni.da

我們希望報價再低一些。

조금이라도 개당 가격을 낮출 수 있는 가능성은 없습니까?

jo.geu.mi.ra.do/ge*.dang/ga.gyo*.geul/nat.chul/su/in.neun/

ga.neung.so*ng.eun/o*p.sseum.ni.ga

每個的價格有希望再降低一點點嗎？

가격이 10% 할인이 되면 저희 주무량도 많이 늘릴 수 있습니다.

ga.gyo*.gi/sip.po*.sen.teu/ha.ri.ni/dwe.myo*n/jo*.hi/ju.mu.

ryang.do/ma.ni/neul.lil/su/it.sseum.ni.da

若價格有10%的折扣，我們可以大幅提高訂貨量。

앞으로 몇 년 동안 주문을 하고 싶은데 20% 할인을 주실 수 있었으면 좋겠습니다.

a.peu.ro/myo*t/nyo*n/dong.an/ju.mu.neul/ha.go/si.peun.

dei.sip.po*.sen.teu/ha.ri.neul/jju.sil/su/i.sso*.sseu.myo*n/

jo.ket.sseum.ni.da

我們未來幾年想持續向貴公司訂貨，希望貴公司能給予20%的折扣。

가격에 대한 협상이 가능합니까?

ga.gyo*.ge/de*.han/hyo*p.ssang.i/ga.neung.ham.ni.ga

可以與您協商價格的問題嗎？

同意降價

앞으로 양사의 장기적인 거래를 위해 저희가 좀 더 양보해 1개당 100달러에 드리겠습니다.

a.peu.ro/yang.sa.ui/jang.gi.jo*.gin/go*.re*.reul/wi.he*/jo*.
hi.ga/jom/do*/yang.bo.he*/han/ge*.dang/be*k.dal.lo*.e/
deu.ri.get.sseum.ni.da

為了將來雙方的長期交易，我們願意以每個100美元的價格給您。

요구하신 가격에 드리겠습니다.

yo.gu.ha.sin/ga.gyo*.ge/deu.ri.get.sseum.ni.da

我們答應您所要求的價格。

이번에는 저희가 양보해 원하시는 가격에 드리기는 하겠습니다.

i.bo*.ne.neun/jo*.hi.ga/yang.bo.he*/won.ha.si.neun/
ga.gyo*.ge/deu.ri.gi.neun/ha.get.sseum.ni.da

這次我們讓步，提供貴公司所希望的價格。

보통은 이 정도 할인을 해 드리지 못합니다. 하지만 이번
주문량이 많기 때문에 특별히 20% 할인해 드리겠습니다.
bo.tong.eun/i/jo*ng.do/ha.ri.neul/he*/deu.ri.ji/mo.tam.ni.da//
ha.ji.man/i.bo*n/ju.mul.lyang.i/man.ki/de*.mu.ne/teuk.byo*l.
hi/i.sip.po*.sen.teu/ha.rin.he*/deu.ri.get.sseum.ni.da
通常我們無法提供這種程度的折扣。但由於這次訂貨量很
大的關係，特別折扣20%給您。

저희는 이번 기회를 통해 비즈니스를 한국 시장까지 넓히
고 싶으니 요구하신 대로 500달러 할인해 드리겠습니다.
jo*.hi.neun/i.bo*n/gi.hwe.reul/tong.he*/bi.jeu.ni.seu.reul/
han.guk/si.jang.ga.ji/no*p.hi.go/si.peu.ni/yo.gu.ha.sin/de*.
ro/o.be*k.dal.lo*/ha.rin.he*/deu.ri.get.sseum.ni.da
由於我們希望藉由這次機會將生意拓展到韓國市場，因此
願意依照貴公司的要求，折扣500美元給您。

양사의 첫 거래이므로 이번에는 특별히 할인해 드리겠습니다.
yang.sa.ui/cho*t/go*.re*.i.meu.ro/i.bo*.ne.neun/teuk.byo*l.
hi/ha.rin.he*/deu.ri.get.sseum.ni.da
由於這次是雙方的初次交易，這次特別折扣給您。

저희가 20%인하는 힘들지만 18%까지는 인하해 드릴 수 있습니다.

jo*.hi.ga/i.sip.po*.sen.teu/in.ha.neun/him.deul.jji.man/sip.pal.
po*.ssen.teu.ga.ji.neun/in.ha.he*/deu.ril/su/it.sseum.ni.da

我們無法給您20%的折扣，但可以給您折扣18%。

저희는 에어컨 대당 800달러에 해 드릴 수 있습니다. 500대 이상 주문하신다면 특별히 5% 더 할인해 드릴 수 있습니다.

jo*.hi.neun/e.o*.ko*n/de*.dang/pal.be*k.dal.lo*.e/he*/
deu.ril/su/it.sseum.ni.da//o.be*k.de*/i.sang/ju.mun.ha.sin.
da.myo*n/teuk.byo*l.hi/o.po*.sen.teu/do*/ha.rin.he*/deu.
ril/su/it.sseum.ni.da

每台冷氣我們可以算您800美金。若您訂購500台以上，我
們特別再給您5%的折扣。

拒絕降價

현재 저희는 어떤 가격 인하도 불가능합니다.

hyo*n.je*/jo*.hi.neun/o*.do*n/ga.gyo*k/in.ha.do/bul.

ga.neung.ham.ni.da

目前我們無法提供任何形式的降價。

**귀사의 주문수량이 너무 적기에 당사는 생산코스트 수지
가 맞지 않습니다.**

gwi.sa.ui/ju.mun.su.ryang.i/no*.mu/jo*k.gi.e/dang.sa.neun/

se*ng.san.ko.seu.teu/su.ji.ga/mat.jji/an.sseum.ni.da

貴方的訂貨數量太少， 生產成本不合算。

귀사에서 요청하신 가격은 불가능합니다.

gwi.sa.e.so*/yo.cho*ng.ha.sin/ga.gyo*.geun/bul.ga.neung.

ham.ni.da

貴公司所要求的價格是不可能的。

**주문량이 500대인 경우 당사가 드릴 수 있는 할인율은 5%
입니다.**

ju.mul.lyang.i/o.be*k.de*.in/gyo*ng.u/dang.sa.ga/deu.ril.su/

in.neun/ha.ri.nyu.reun/o.po*.sen.teu.im.ni.da

訂貨量500台的情況，我公司可提供的折扣率是5%。

주문량을 500상자로 늘리신다면 할인폭을 좀 더 늘려 드
릴 수는 있습니다. 하지만 요구하신 20%는 해 드리기 어렵
습니다.

ju.mul.lyang.eul/o.be*k.ssang.ja.ro/neul.li.sin.da.myo*n/
ha.rin.po.geul/jom/do*/neul.lyo*/deu.ril/su.neun/it.sseum.
ni.da//ha.ji.man/yo.gu.ha.sin/i.sip.po*.sen.teu.neun/he*/
deu.ri.gi/o*.ryo*p.sseum.ni.da

若訂貨量增加至500箱，我們可以再提高折扣率。但難以
提供貴公司所要求的20%。

이 정도 할인율이면 이미 충분히 싸게 드린 겁니다.

i/jo*ng.do/ha.ri.nyu.ri.myo*n/i.mi/chung.bun.hi/ssa.ge/deu.
rin/go*m.ni.da

這種程度的折扣率已經是便宜給您了。

저희가 제시한 가격이 그리 높은 편은 아닙니다.

jo*.hi.ga/je.si.han/ga.gyo*.gi/geu.ri/no.peun/pyo*.neun/
a.nim.ni.da

我們提出的價格不算很高。

다른 경쟁사들과 비교해 저희 제품은 품질 뿐만 아니라 가격도 싼 편입니다.

da.reun/gyo*ng.je*ng.sa.deul.gwa/bi.gyo.he*/jo*.hi/je.pu.meun/pum.jil/bun.man/a.ni.ra/ga.gyo*k.do/ssan/pyo*.nim.ni.da

與其他競爭業者相比，我們的產品不只品質好，價格也算便宜。

죄송하지만 더 높은 할인율을 드릴 수 없습니다.

jwe.song.ha.ji.man/do*/no.peun/ha.ri.nyu.reul/deu.ril/su/o*p.sseum.ni.da

對不起，我們無法提供更高的折扣率。

저희의 최저 주문량은 약 1000킬로입니다. 만약 800킬로만 주문하신다면 가격을 깎아 드릴 수 없습니다.

jo*.hi.ui/chwe.jo*/ju.mul.lyang.eun/yak/cho*n.kil.lo.im.ni.da//ma.nyak/pal.be*k.kil.lo.man/ju.mun.ha.sin.da.myo*n/ga.gyo*.geul/ga.ga/deu.ril/su/o*p.sseum.ni.da

我們最低的訂貨量約1000公斤。若貴公司只訂購800公斤，我們將無法打折給您。

당사의 오퍼는 제일 저렴한 가격이며 선적납기도 빠릅니다.

dang.sa.ui/o.po*.neun/je.il/jo*.ryo*m.han/ga.gyo*.gi.myo*/

so*n.jo*ng.nap.gi.do/ba.reum.ni.da

我公司的報價是最便宜的價格，裝船期限也很快。

더 이상의 할인은 불가능합니다.

do*/i.sang.ui/ha.ri.neun/bul.ga.neung.ham.ni.da

再多的折扣是不可能的。

물론 저희 제품 가격은 다른 제품에 비해 저렴한 편이 아니 겠지만 제품의 품질과 기능을 고려해 보시면 결코 비싼 편 이 아니라는 것을 알게 되실 겁니다.

mul.lon/jo*.hi/je.pum/ga.gyo*.geun/da.reun/je.pu.me/bi.he*/
jo*.ryo*m.han/pyo*.ni/a.ni.get.jji.man/je.pu.mui/pum.jil.gwa/
gi.neung.eul/go.ryo*.he*/bo.si.myo*n/gyo*l.ko/bi.ssan/pyo*.
ni/a.ni.ra.neun/go*.seul/al.ge/dwe.sil/go*m.ni.da

當然我們產品的價格和其他產品相比不算很便宜，但若考 慮到產品的品質與功能，您會發現價格其實沒有那麼貴。

저희는 이미 가격을 최저로 할인했습니다. 이 가격으로 어 느 곳에서 같은 품질의 제품을 구입할 수 없다는 점을 아셔 야 합니다.

jo*.hi.neun/i.mi/ga.gyo*.geul/chwe.jo*.ro/ha.rin.he*t.sseum.
ni.da//i.ga.gyo*.geu.ro/o*.neu/go.se.so*/ga.teun/pum.ji.rui/je.pu.

218

meul/gu.i.pal/ssu/o*p.da.neun/jo*.meul/a.syo*/ya/ham.ni.da

我們已將價格降至最低。貴公司必須知道將無法以此價格在別處購買到相同品質的產品。

당사의 가격은 아주 좋고 마진도 적기 때문에 더 이상 할인해 드릴 수 없습니다.

dang.sa.ui/ga.gyo*.geun/a.ju/jo.ko/ma.jin.do/jo*k.gi/de*.mu.ne/do*/i.sang.ha.rin.he*/deu.ril/su/o*p.sseum.ni.da

我公司的價格很好，訂金又少，實在無法再提供折扣。

저희 쪽 가격이 다른 제조업체보다 훨씬 더 유리합니다.

jo*.hi/jjok/ga.gyo*.gi/da.reun/je.jo.o*p.che.bo.da/hwol.ssin/do*/yu.ri.ham.ni.da

我們的價格比其他製造商更優惠。

정말 15% 이상은 할인해 드릴 수 없습니다.

jo*ng.mal/ssi.bo.po*.sen.teu/i.sang.eun/ha.rin.he*/deu.ril/su/o*p.sseum.ni.da

我們真的無法提供超過15%的折扣。

죄송합니다만, 저희는 더 이상 가격을 낮출 수 없습니다.

jwe.song.ham.ni.da.man//jo*.hi.neun/do*/i.sang/ga.gyo*.
geul/nat.chul/su/o*p.sseum.ni.da

對不起，我們無法再降價。

할인율은 주문하시는 수량에 달렸습니다.

ha.ri.nyu.reun/ju.mun.ha.si.neun/su.ryang.e/dal.lyo*t.sseum.
ni.da

折扣率取決於您的訂貨量。

訂購

당사는 R-981의 품질과 가격에 대해 만족하고 있으므로 제시해 주신 가격으로 주문하고 싶습니다.

dang.sa.neun/R.gu.pa.ri.rui/pum.jil.gwa/ga.gyo*.ge/de*.he*/
man.jo.ka.go/i.sseu.meu.ro/je.si.he*/ju.sin/ga.gyo*.geu.ro/
ju.mun.ha.go/sip.sseum.ni.da

本公司很滿意R-981產品的品質與價格，因此希望按指定價格訂購。

귀사의 주문 인수 가능 최소량은 얼마입니까?

gwi.sa.ui/ju.mun/in.su/ga.neung/chwe.so.ryang.eun/o*l.
ma.im.ni.ga

貴公司可接受的起訂量是多少?

8월 4일자 귀사의 주문서를 받게 되어 매우 기쁩니다.

pa.rwol/sa.il.ja/gwi.sa.ui/ju.mun.so*.reul/bat.ge/dwe.o*/
me*.u/gi.beum.ni.da

我們很高興收到8月4號貴公司的訂單。

**귀사에서 견본과 똑같은 품질을 보증하신다면 대량으로
주문을 하려고 합니다.**

gwi.sa.e.so*/gyo*n.bon.gwa/dok.ga.teun/pum.ji.reul/
bo.jeung.ha.sin.da.myo*n/de*.ryang.eu.ro/ju.mu.neul/
ha.ryo*.go/ham.ni.da

若貴公司能保證與樣品是一樣的品質,我們打算大量訂貨。

**귀사 제품이 대만에서 잘 팔리면 저희는 계속하여 주문하
겠습니다.**

gwi.sa/je.pu.mi/de*.ma.ne.so*/jal/pal.li.myo*n/jo*.hi.neun/
gye.so.ka.yo*/ju.mun.ha.get.sseum.ni.da

若貴公司的產品在台灣銷售佳,我們將持續向您訂購。

귀사에 제품을 제공할 기회를 갖게 되어 매우 기쁩니다. 저
희 제품의 품질에 만족하실 거라고 믿습니다.

gwi.sa.e/je.pu.meul/jje.gong.hal/gi.hwe.reul/gat.ge/dwe.o*/
me*.u/gi.beum.ni.da//jo*.hi/je.pu.mui/pum.ji.re/man.jo.ka.
sil/go*.ra.go/mit.sseum.ni.da

我們很高興有機會可以提供我們的產品給您。相信您一定
會滿意我們產品的品質。

주문량에 대한 제한이 없습니다. 어떤 수량도 출고할 수 있
습니다.

ju.mu.ryang.e/de*.han/je.ha.ni/o*p.sseum.ni.da//o*.do*n/
su.ryang.do/chul.go.hal/ssu.it.sseum.ni.da

沒有訂購量的限制。任何數量皆可出貨。

追加訂貨

전에 귀사에 K-745의 이어폰 2000개를 주문했었습니다.
같은 계약서에 의거해서 2000개를 더 추가하고 싶습니다.

jo*.ne/gwi.sa.e/K.chil.sa.o.ui/i.o*.pon/i.cho*n.ge*.reul/
ju.mun.he*.sso*t.sseum.ni.da//ga.teun/gye.yak.sso*.
e/ui.go*.he*.so*/i.cho*n.ge*.reul/do*/chu.ga.ha.go/sip.
sseum.ni.da

之前曾向貴公司訂購K-745的耳機2000個。希望能依據原契約書，再追加訂購2000個。

당사 제품이 부족한 관계로 이번 추가 주문 요구에 응하지 못함을 양해해 주시기 바랍니다.

dang.sa/je.pu.mi/bu.jo.kan/gwan.gye.ro/i.bo*n/chu.ga/
ju.mun/yo.gu.e/eung.ha.ji/mo.ta.meul/yang.he*.he*/ju.si.gi/
ba.ram.ni.da

因本公司產品數量不足的關係，無法滿足貴公司這次追加訂貨的要求，請見諒。

付款條件

당사의 지불 조건은 D/P 60일 지불 방식이므로 동의해 주시기 바랍니다.

dang.sa.ui/ji.bul/jo.go*.neun/D/P/yuk.ssi.bil/ji.bul/bang.si.gi.
meu.ro/dong.ui.he*/ju.si.gi/ba.ram.ni.da

本公司的付款條件為60天付款交單，請貴公司同意。

대금은 화물을 받는 즉시 착오 없이 지불하겠습니다.

de*.geu.meun/hwa.mu.reul/ban.neun/jeuk.ssi/cha.go/o*p.
ssi/ji.bul.ha.get.sseum.ni.da

當貨物抵達，將立即匯出貨款，決不延誤。

귀사의 요구에 따라 당사는 지급인도조건(D/P)을 받아들였습니다.

gwi.sa.ui/yo.gu.e/da.ra/dang.sa.neun/ji.geu.bin.do.jo.go*.
neul/ba.da.deu.ryo*t.sseum.ni.da

按貴公司要求，我方接受付款交單的條件。

運送

운송비는 구매상이 부담해야 할 것입니다.

un.song.bi.neun/gu.me*.sang.i/bu.dam.he*.ya/hal/go*.sim.
ni.da

運費應該由購買商承擔。

이 물건은 급한 것이라서 속달로 보내야겠습니다.

i/mul.go*.neun/geu.pan/go*.si.ra.so*/sok.dal.lo/bo.ne*.
ya.get.sseum.ni.da

由於我們急需這批貨物，必須使用快遞寄出。

귀사에서 보험과 물건을 항구로 운반하는 비용까지 부담하시기를 바랍니다.

gwi.sa.e.so*/bo.ho*m.gwa/mul.go*.neul/hang.gu.ro/un.ban.

ha.neun/bi.yong.ga.ji/bu.dam.ha.si.gi.reul/ba.ram.ni.da

我們希望貴公司負責保險及物品運到港口的費用。

제품이 생산되는 즉시 송부하여 드리겠습니다.

je.pu.mi/se*ng.san.dwe.neun/jeuk.ssi/song.bu.ha.yo*/deu.

ri.get.sseum.ni.da

產品生產完畢將立即郵寄給您。

裝船事宜

선적기일을 1월 25일까지 미뤄주셨으면 좋겠습니다.

so*n.jo*k.gi.i.reul/i.rwol/i.si.bo.il.ga.ji/mi.rwo.ju.syo*.sseu.

myo*n/jo.ket.sseum.ni.da

我們希望裝船日期可以延期到1月25日。

다시는 이런 일이 없을 것임을 약속 드립니다.

da.si.neun/i.ro*n/i.ri/o*p.sseul/go*.si.meul/yak.ssok/deu.

rim.ni.da

我們向您保證不會再有這樣的事情發生。

태풍에 인하여 지룽항 내의 모든 선박들은 출항 금지입니다.

te*.pung.e/in.ha.yo*/ji.rong.hang/ne*.ui/mo.deun/so*n.bak.

deu.reun/chul.hang/geum.ji.im.ni.da

由於颱風的關係，基隆港內的所有船隻都無法出航。

12월 5일 주문 배송이 지연되고 있음에 사과드립니다.

si.bi.wol/o.il/ju.mun/be*.song.i/ji.yo*n.dwe.go/i.sseu.me/

sa.gwa.deu.rim.ni.da

針對12月5號訂單的遲延配送問題，向您道歉。

언제쯤이면 선적 완료가 가능한지 알려 주십시오.

o*n.je.jjeu.mi.myo*n/so*n.jo*k/wal.lyo.ga/ga.neung.han.ji/

al.lyo*/ju.sip.ssi.o

請告知何時能完成裝船。

선적을 요청하시면 즉시 출고 진행해 드리겠습니다.

so*n.jo*.geul/yo.cho*ng.ha.si.myo*n/jeuk.ssi/chul.go/jin.

he*ng.he*/deu.ri.get.sseum.ni.da

若您指示裝船，我們將立即進行出貨。

저희는 계약서 규정대로 물품을 인도하겠습니다.

jo*.hi.neun/gye.yak.sso*/gyu.jo*ng.de*.ro/mul.pu.meul/

in.do.ha.get.sseum.ni.da

我們會按照合約條款交貨。

尚未收到貨物

대금을 보냈습니다만 물건이 오지 않았습니다.

de*.geu.meul/bo.ne*t.sseum.ni.da.man/mul.go*.ni/o.ji/

a.nat.sseum.ni.da

款項已經寄過去，但物品仍未收到。

상품이 아직 도착하지 않았습니다.

sang.pu.mi/a.jik/do.cha.ka.ji/a.nat.sseum.ni.da

商品尚未送達。

76호 계약서 규정에 따라 당사는 귀사에 주문한 복사기

500대를 이번 달 20일까지 받기로 했는데 아직까지 받지

못했습니다.

chil.si.byu.ko/gye.yak.sso*/gyu.jo*ng.e/da.ra/dang.sa.neun/

gwi.sa.e/ju.mun.han/bok.ssa.gi/o.be*k.de*.reul/i.bo*n/dal/

i.si.bil.ga.ji/bat.gi.ro/he*n.neun.de/a.jik.ga.ji/bat.jji/mo.te*t.

sseum.ni.da

依據76號合同規定，本公司向貴公司訂購的影印機500台

應於本月20日前交貨，但我們至今仍未收到。

物건 대금은 한 달 전에 이미 지불했는데 두 달이 더 지났는데 화물이 도착하지 않았습니다.
mul.go*n/de*.geu.meun/han/dal/jjo*.ne/i.mi/ji.bul.he*n.
neun.de/du/da.ri/do*/ji.nan.neun/de/hwa.mu.ri/do.cha.ka.ji/
a.nat.sseum.ni.da
貨款一個月前早已支付，已經又過了兩個月，我們仍未收到貨物。

이달 10일 전에 화물을 받을 수 있도록 해 주십시오.
i.dal/ssi.bil/jo*.ne/hwa.mu.reul/ba.deul/ssu/it.do.rok/he*/
ju.sip.ssi.o
請務必在這個月10號以前交貨。

귀사는 저희가 주문한 기계 부품이 확실히 28일까지 운송되었는지를 조사하여 메일로 알려 주시기 바랍니다.
gwi.sa.neun/jo*.hi.ga/ju.mun.han/gi.gye/bu.pu.mi/hwak.ssil.
hi/i.sip.pa.ril.ga.ji/un.song.dwe.o*n.neun.ji.reul/jjo.sa.ha.yo*/
me.il.lo/al.lyo*/ju.si.gi/ba.ram.ni.da
請貴公司調查我們所訂購的機器零件是否已在28號前交付託運，並以mail告知我們。

저희가 이번 주문에 대한 배송이 느려진 데 대한 불만이 있습니다.

jo*.hi.ga/i.bo*n/ju.mu.ne/de*.han/be*.song.i/neu.ryo*.jin/
de/de*.han/bul.ma.ni/it.sseum.ni.da

有關貴公司拖延配送這次訂單，我們感到不滿。

죄송합니다만, 주문 물품 배송이 너무 오래 지연되고 있으니 환불을 요청해야겠습니다.

jwe.song.ham.ni.da.man//ju.mun/mul.pum/be*.song.i/no*.
mu.o.re*/ji.yo*n.dwe.go/i.sseu.ni/hwan.bu.reul/yo.cho*ng.
he*.ya.get.sseum.ni.da

對不起，由於我們所訂購的物品配送問題拖延過久，我們必須向貴公司申請退費。

取消合約、訂單

귀사에 몇 번 재촉했지만 화물이 아직도 도착하지 않습니다. 저희는 더 이상 기다릴 수가 없어 다른 제조업체에서 구매하기로 했습니다. 오늘 메일로 계약 취소를 알립니다.

gwi.sa.e/myo*t/bo*n/je*.cho.ke*t.jji.man/hwa.mu.ri/a.jik.
do/do.cha.ka.ji/an.sseum.ni.da//jo*.hi.neun/do*/i.sang/
gi.da.ril/su.ga.o*p.sso*/da.reun/je.jo.o*p.che.e.so*/gu.me*.

ha.gi.ro/he*t.sseum.ni.da//o.neul/me.il.lo/gye.yak/chwi.

so.reul/al.lim.ni.da

雖一再向貴公司催促，貨物至今仍未送達。我們實在不能

再等了，已決定向其他製造商購買。今來信通知撤銷原合

同。

귀사에서 화물 인도가 지연되어, 저희는 계약을 취소하고

싶습니다.

gwi.sa.e.so*/hwa.mul/in.do.ga/ji.yo*n.dwe.o*//jo*.hi.neun/

gye.ya.geul/chwi.so.ha.go/sip.sseum.ni.da

由於貴公司延遲交貨，我們要求取消合約。

저희가 받은 제품에 큰 문제가 있으니 환불을 요청합니다.

내일 당장 물품을 반송하겠습니다. 반품을 받으시면 입금

해 주시기 바랍니다. 감사합니다.

jo*.hi.ga/ba.deun/je.pu.me/keun/mun.je.ga/i.sseu.ni/hwan.

bu.reul/yo.cho*ng.ham.ni.da//ne*.il/dang.jang/mul.pu.meul/

ban.song.ha.get.sseum.ni.da//ban.pu.meul/ba.deu.si.myo*n/

ip.geum.he*/ju.si.gi/ba.ram.ni.da//gam.sa.ham.ni.da

我們收到的產品有很大的問題，我們要求退費。明天我們

將立即把物品退還。您收到退還的物品後，請退費給我

們。謝謝。

供貨問題

현재 저희 쪽에 제품이 부족하여 수량에 맞게 공급해 드릴 수 없습니다.

hyo*n.je*/jo*.hi/jjo.ge/je.pu.mi/bu.jo.ka.yo*/su.ryang.e/mat. ge/gong.geu.pe*/deu.ril/su/o*p.sseum.ni.da

目前我們產品不足，無法如數供應。

현재 저희가 받은 주문량이 너무 많아 내년 2월쯤 다시 귀 사에 공급할 수 있습니다.

hyo*n.je*/jo*.hi.ga/ba.deun/ju.mul.lyang.i/no*.mu/ma.na/ ne*.nyo*n/i.wol.jjeum/da.si/gwi.sa.e/gong.geu.pal/ssu/ it.sseum.ni.da

目前我們所接的訂貨量太多，約明年二月才能再次供貨給 貴公司。

저희 제품 123번의 아이섀도가 주문량이 너무 많아서 이 미 품절이 되었습니다.

jo*.hi/je.pum/i.ri.sam.bo*.nui/a.i.sye*.do.ga/ju.mul.lyang.i/ no*.mu/ma.na.so*/i.mi/pum.jo*.ri/dwe.o*t.sseum.ni.da

我們的產品123號眼影的訂購量過多，已經全部售完。

제품이 이미 품절되어 미안합니다. 주문하시려면 이개월 정도 기다려서야 합니다.

je.pu.mi/i.mi/pum.jo*l.dwe.o*/mi.an.ham.ni.da//ju.mun.ha.si. ryo*.myo*n/i.ge*.wol/jo*ng.do/gi.da.ryo*.syo*.ya/ham.ni.da

很抱歉，產品已經售完。若您想訂購，需等待兩個月左右。

저희는 재고 수량 부족으로 빨리 주문을 하셔야 합니다.

jo*.hi.neun/je*.go/su.ryang/bu.jo.geu.ro/bal.li/ju.mu.neul/ ha.syo*.ya/ham.ni.da

由於我們目前庫存數量不足，您應該盡快下訂單。

이 제품은 현재 재고가 없어 생산 중이며, 생산 완료는 한 달 정도 소요됩니다.

i/je.pu.meun/hyo*n.je*/je*.go.ga/o*p.sso*/se*ng.san/jung. i.myo*//se*ng.san/wal.lyo.neun/han/dal/jjo*ng.do/so.yo. dwem.ni.da

這項產品目前無存貨，正在生產當中，生產時間約需要一個月。

주문 수량이 너무 적어 제작하기 어렵습니다.

ju.mun/su.ryang.i/no*.mu/jo*.go*/je.ja.ka.gi/o*.ryo*p.
sseum.ni.da

訂購量太少，難以製作。

產品出現問題

최근 주문한 T-65 선풍기의 품질에 대한 불만이 있어 메일
을 보냅니다.

chwe.geun/ju.mun.han/T.yu.go/so*n.pung.gi.ui/pum.ji.re/
de*.han/bul.ma.ni/i.sso*/me.i.reul/bo.ne*m.ni.da

來信是為了告知您，我們對近期所訂購的T-65電風扇品質
感到不滿。

저희가 B-961 제품을 쓰면서 몇 가지 심각한 문제를 발견
했음을 말씀 드리고자 합니다.

jo*.hi.ga/B.gu.yu.gil/je.pu.meul/sseu.myo*n.so*/myo*t/ga.ji/
sim.ga.kan/mun.je.reul/bal.gyo*n.he*.sseu.meul/mal.sseum/
deu.ri.go.ja/ham.ni.da

來信是為了告知您我們在使用B-961的產品時，發現了幾
項嚴重的問題。

귀사가 보내 주신 제품을 받았으나 저희가 주문한 것이 아닙니다. 빠른 시일 안에 정확한 제품을 보내 주시기 바랍니다.

gwi.sa.ga/bo.ne*/ju.sin/je.pu.meul/ba.da.sseu.na/jo*.hi.ga/ju.mun.han/go*.si/a.nim.ni.da//ba.reun/si.il/a.ne/jo*ng.hwa.kan/je.pu.meul/bo.ne*/ju.si.gi/ba.ram.ni.da

已經收到貴公司寄來的產品，但那不是我們所訂購的商品。請您盡快將正確的產品寄過來。

이번에 주문한 것은 품질이 계약서의 규정과 맞지 않기 때문에 할인해 주시기를 원합니다. 그렇지 않으면 물건을 반품하겠습니다.

i.bo*.ne/ju.mun.han/go*.seun/pum.ji.ri/gye.yak.sso*.ui/gyu.jo*ng.gwa/mat.jji/an.ki/de*.mu.ne/ha.rin.he*/ju.si.gi.reul/won.ham.ni.da//geu.ro*.chi/a.neu.myo*n/mul.go*.neul/ban.pum.ha.get.sseum.ni.da

這次訂購的貨物品質與契約上的規定不符，希望您打折。否則將退貨。

이 물품은 중량이 부족합니다.

i/mul.pu.meun/jung.nyang.i/bu.jo.kam.ni.da

這批物品的重量不足。

저희가 받은 제품은 견본과 일치하지 않습니다.

jo*.hi.ga/ba.deun/je.pu.meun/gyo*n.bon.gwa/il.chi.ha.ji/

an.sseum.ni.da

我們收到的產品和樣品不一致。

**화물은 어제 도착했으나 유감스럽게도 품질과 중량이 계
약서의 규정과 맞지 않기 때문에 저희가 받을 수 없습니다.**

hwa.mu.reun/o*.je/do.cha.ke*.sseu.na/yu.gam.seu.ro*p.

ge.do/pum.jil.gwa/jung.nyang.i/gye.yak.sso*.ui/gyu.jo*ng.

gwa/mat.jji.an.ki/de*.mu.ne/jo*.hi.ga/ba.deul.ssu/o*p.

sseum.ni.da

貨物昨天已抵達，很遺憾的是品質和重量與合同的規定不
符，因此我們拒收。

**오늘 도착한 화물 중에 많은 제품이 이미 심하게 파손된 것
을 발견했습니다.**

o.neul/do.cha.kan/hwa.mul/jung.e/ma.neun/je.pu.mi/i.mi/

sim.ha.ge/pa.son.dwen/go*.seul/bal.gyo*n.he*t.sseum.ni.da

在今天抵達的貨物中，我們發現有許多產品已收到嚴重的損壞。

보내 주신 제품이 저희 주문 요청과 일치하지 않는다는 점을 알려 드립니다.

bo.ne*/ju.sin/je.pu.mi/jo*.hi/ju.mun/yo.cho*ng.gwa/il.chi.
ha.ji/an.neun.da.neun/jo*.meul/al.lyo*/deu.rim.ni.da

來信告知您寄來的產品與我們所要求的訂單不一致。

귀사에서 받은 제품에 문제가 있습니다.

gwi.sa.e.so*/ba.deun/je.pu.me/mun.je.ga/it.sseum.ni.da

我們發現從貴公司那裡收到的產品有問題。

1234번 주문을 환불하고 싶습니다.

i.ri.sam.sa.bo*n/ju.mu.neul/hwan.bul.ha.go/sip.sseum.ni.da

有關1234號的訂單，我們希望能申請退費。

索賠

지난 10일에 도착한 노트북의 품질에 대해 클레임을 제기합니다.

ji.nan/si.bi.re/do.cha.kan/no.teu.bu.gui/pum.ji.re/de*.he*/
keul.le.i.meul/jje.gi.ham.ni.da

針對10號到貨的筆記型電腦品質問題，我們向貴公司提出索賠。

어제 받은 제품과 전에 제공하셨던 샘플이 품질 면에서 큰 차이가 있으므로 받아들릴 수 없음을 알리고자 메일을 드립니다.

o*.je/ba.deun/je.pum.gwa/jo*.ne/je.gong.ha.syo*t.do*n/se*m.
peu.ri/pum.jil/myo*.ne.so*/keun/cha.i.ga/i.sseu.meu.ro/ba.da.
deul.lil/su/o*p.sseu.meul/al.li.go.ja/me.i.reul/deu.rim.ni.da

昨天我們收到的產品和之前貴公司所提供的樣品，由於在品質上有很大的差異，所以來信告知您我們無法接受。

귀사의 운송 소홀로 인해 많은 제품이 손상되었으니 서둘러 해결책을 제시해 주십시오.

gwi.sa.ui/un.song/so.hol.lo/in.he*/ma.neun/je.pu.mi/son.
sang.dwe.o*.sseu.ni/so*.dul.lo*/he*.gyo*l.che*.geul/jje.

si.he*/ju.sip.ssi.o

由於貴公司的運送疏忽，使許多產品受到損傷，請馬上提出解決方案。

저희가 확인한 결과 저희가 받은 화물의 수량이 무려 21대나 부족하니 신속히 처리해 주시기 바랍니다.

jo*.hi.ga/hwa.gin.han/gyo*l.gwa/jo*.hi.ga/ba.deun/hwa.

mu.rui/su.ryang.i/mu.ryo*/seu.mul.han/de*.na/bu.jo.ka.ni/

sin.so.ki/cho*.ri.he*/ju.si.gi/ba.ram.ni.da

我們確認的結果，發現我們收到的貨物數量足足少了21台，請您盡快處理。

몇 가지 손상된 제품에 대한 배상 책임은 귀사 측에 있다는 점을 알려 드립니다.

myo*t/ga.ji/son.sang.dwen/je.pu.me/de*.han/be*.sang/

che*.gi.meun/gwi.sa/cheu.ge/it.da.neun/jo*.meul/al.lyo*/

deu.rim.ni.da

我們要告知您，這裡有幾樣受損的產品，其相關的賠償責任在貴公司身上。

화물들의 파손이 너무 심해서 물품을 접수할 수 없을 것 같
습니다.

hwa.mul.deu.rui/pa.so.ni/no*.mu/sim.he*.so*/mul.pu.meul/
jjo*p.ssu.hal/su/o*p.sseul/go*t/gat.sseum.ni.da

由於貨物損壞太嚴重，我們似乎無法提貨。

제품 손해는 운송 부주의로 인한 것으로 확인됩니다. 운송
회사에 해당 책임을 묻도록 하십시오.

je.pum/son.he*.neun/un.song/bu.ju.ui.ro/in.han/go*.seu.
ro/hwa.gin.dwem.ni.da//un.song.hwe.sa.e/he*.dang/che*.
gi.meul/mut.do.rok/ha.sip.ssi.o

我們查明產品損害是運送不當所引起的。請您向運輸公司
詢問相關責任。

저희는 화물이 그쪽에서 운송할 때 파손된 것이라고 생각
합니다.

jo*.hi.neun/hwa.mu.ri/geu.jjo.ge.so*/un.song.hal/de*/
pa.son.dwen/go*.si.ra.go/se*ng.ga.kam.ni.da

我們認為貨物是在你方運送時受到損壞的。

귀사가 보내신 화물은 한 달 이상 늦게 도착했습니다. 이런
이유로 이 기간 동안에 저희는 많은 고객들을 잃었으니 당

사의 손실을 모두 배상해 주실 것을 요구합니다.

gwi.sa.ga/bo.ne*.sin/hwa.mu.reun/han/dal/i.sang/neut.ge/
do.cha.ke*t.sseum.ni.da//i.ro*n/i.yu.ro/i/gi.gan/dong.a.ne/
jo*.hi.neun/ma.neun/go.ge*k.deu.reul/i.ro*.sseu.ni/dang.
sa.ui/son.si.reul/mo.du/be*.sang.he*/ju.sil/go*.seul/yo.gu.
ham.ni.da

貴公司寄來的貨物晚了一個多月才送達。因此，在這段時間裡，我們失去了許多顧客，我們要求您賠償我們所有的損失。

承擔責任

이로 인해 발생하는 손실은 귀사에서 책임을 져야 합니다.

i.ro/in.he*/bal.sse*ng.ha.neun/son.si.reun/gwi.sa.e.so*/
che*.gi.meul/jjo*.ya/ham.ni.da

因此所造成的損失，貴公司應負責。

이로 인해 일어난 모든 손실은 당사가 부담하겠습니다.

i.ro/in.he*/i.ro*.nan/mo.deun/son.si.reun/dang.sa.ga/
bu.dam.ha.get.sseum.ni.da

因此所產生的所有損失，均由本公司承擔。

귀사가 받은 모든 손실은 당사가 전부 보상하겠습니다.

gwi.sa.ga/ba.deun/mo.deun/son.si.reun/dang.sa.ga/jo*n.bu/

bo.sang.ha.get.sseum.ni.da

貴公司的所有損失，由本公司全部承擔。

귀사에서 손해 배상을 책임져야 합니다.

gwi.sa.e.so*/son.he*/be*.sang.eul/che*.gim.jo*.ya/ham.ni.da

貴公司應負責賠償損失。

저희 측은 귀사의 클레임을 받아들일 수가 없습니다.

jo*.hi/cheu.geun/gwi.sa.ui/keul.le.i.meul/ba.da.deu.ril/su.ga/

o*p.sseum.ni.da

我們無法接受貴公司提出的索賠。

배상을 부탁드립니다.

be*.sang.eul/bu.tak.deu.rim.ni.da

請您賠償。

가능한 한 이에 대해 배상해 주시면 감사하겠습니다.

ga.neung.han/han/i.e/de*.he*/be*.sang.he*/ju.si.myo*n/

gam.sa.ha.get.sseum.ni.da

針對這問題，若貴公司能給予賠償，將不勝感激。

물품이 손상되어 도착했다니 정말로 죄송합니다.

mul.pu.mi/son.sang.dwe.o*/do.cha.ke*t.da.ni/jo*ng.mal.lo/

jwe.song.ham.ni.da

針對物品抵達時的損傷，我們感到很抱歉。

이번 주까지는 어떻게든 이 문제를 해결하도록 하겠습니
다. 시간을 좀 더 주시겠습니까?

i.bo*n/ju.ga.ji.neun/o*.do*.ke.deun/i/mun.je.reul/he*.gyo*l.

ha.do.rok/ha.get.sseum.ni.da//si.ga.neul/jjom/do*/ju.si.get.

sseum.ni.ga

在這週以前，我們會想辦法解決這個問題。請您再給我們
一點時間。

귀사에서 제기하신 클레임에 대해 즉시 조사하겠습니
다. 해당 책임이 저희 측에 있는 것으로 확인되면 반드시
100% 환불해 드리겠습니다. 시간을 좀 주십시오.

gwi.sa.e.so*/je.gi.ha.sin/keul.le.i.me/de*.he*/jeuk.ssi/jo.sa.

ha.get.sseum.ni.da//he*.dang/che*.gi.mi/jo*.hi/cheu.ge/

in.neun/go*.seu.ro/hwa.gin.dwe.myo*n/ban.deu.si/be*k.

po*.sen.teu/hwan.bul.he*/deu.ri.get.sseum.ni.da//si.ga.neul/

jjom/ju.sip.ssi.o

有關貴公司所提出的索賠，我們將馬上進行調查。若查明

相關責任在於我方，必定會全額退費給您。

要求付款

주문하신 화물은 2월 26일 이미 선적되었습니다. 화물을 받는 즉시 대금을 지불하여 주시기 바랍니다.

ju.mun.ha.sin/hwa.mu.reun/i.wol/i.si.byu.gil/i.mi/so*n.jo*k.
dwe.o*t.sseum.ni.da//hwa.mu.reul/ban.neun/jeuk.ssi/de*.
geu.meul/jji.bul.ha.yo*/ju.si.gi/ba.ram.ni.da

您訂購的貨物已於2月26日完成裝船。收到貨物後，請立即支付貨款。

물건을 받으시면 즉시 지불어음으로 저희 은행 계좌에 입금해 주시기 바랍니다.

mul.go*.neul/ba.deu.si.myo*n/jeuk.ssi/ji.bu.ro*.eu.meu.ro/
jo*.hi/eun.he*ng/gye.jwa.e/ip.geum.he*/ju.si.gi/ba.ram.ni.da

到貨後，務必將貨款匯入蔽公司銀行帳戶。

해당 제품의 Invoice를 송부하여 드리오니, 확인 후 입금 부탁드립니다.

he*.dang/je.pu.mui/Invoice.reul/ssong.bu.ha.yo*/deu.
ri.o.ni//hwa.gin/hu/ip.geum/bu.tak.deu.rim.ni.da

我們會寄相關產品的發貨單給您，煩請貴公司確認後付款。

催款

귀사는 아직 10만달러의 잔고가 남아있으므로 이번 달 15
일 전에 모두 갚아 주시기 바랍니다.

gwi.sa.neun/a.jik/sim.man.dal.lo*.ui/jan.go.ga/na.ma.i.sseu.

meu.ro/i.bo*n/dal/ssi.bo.il/jo*.ne/mo.du/ga.pa/ju.si.gi/

ba.ram.ni.da

貴公司目前仍積欠10萬美金，請務必在這個月15號之前付清。

귀사가 화물을 받은 지 2주 지나도록 대금을 받지 못했습
니다. 이 메일을 보시고 즉시 저희 계좌로 송금해 주시기
바랍니다.

gwi.sa.ga/hwa.mu.reul/ba.deun/ji/du.ju/ji.na.do.rok/de*.geu.

meul/bat.jji/mo.te*t.sseum.ni.da//i/me.i.reul/bo.si.go/jeuk.

ssi.jo*.hi/gye.jwa.ro/song.geum.he*/ju.si.gi/ba.ram.ni.da

貴公司收到貨物已過了兩週，我們仍未收到貨款。請您看
到這封MAIL後，立即將貨款匯入我公司帳戶。

환불이 가능한 한 빠르면 감사하겠습니다.

hwan.bu.ri/ga.neung.han/han/ba.reu.myo*n/gam.sa.ha.get.

sseum.ni.da

請您盡快退費給我們，謝謝您。

祝賀／祝福

새해 복 많이 받으십시오.

se*.he*/bok/ma.ni/ba.deu.sip.ssi.o

祝您新年快樂。

일이 순조롭게 되기를 바랍니다.

i.ri/sun.jo.rop.ge/dwe.gi.reul/ba.ram.ni.da

祝您工作順利。

성공을 빕니다.

so*ng.gong.eul/bim.ni.da

祝您成功。

결혼 축하합니다.

gyo*l.hon/chu.ka.ham.ni.da

恭喜結婚。

행운을 빕니다.

he*ng.u.neul/bim.ni.da

祝您好運。

하시는 일 모두 잘 되시길 바랍니다.

ha.si.neun/il/mo.du/jal/dwe.si.gil/ba.ram.ni.da

祝您事事順利。

사업이 번창하고 모든 일이 뜻한 대로 이루어지시길 바랍니다.

sa.o*.bi/bo*n.chang.ha.go/mo.deun/i.ri/deu.tan/de*.ro/i.ru.o*.ji.si.gil/ba.ram.ni.da

祝您生意興隆，萬事如意。

삼가 귀사의 사업이 번창하시길 축원합니다.

sam.ga/gwi.sa.ui/sa.o*.bi/bo*n.chang.ha.si.gil/chu.gwon.ham.ni.da

謹祝貴公司生意興隆。

祝賀升遷

영업 부장으로 승진하신 것 진심으로 축하드립니다.

yo*ng.o*p/bu.jang.eu.ro/seung.jin.ha.sin/go*t/jin.si.meu.ro/

chu.ka.deu.rim.ni.da

真心祝賀您晉升營業部長。

과장으로 임명된 것을 축하드립니다.

gwa.jang.eu.ro/im.myo*ng.dwen/go*.seul/chu.ka.deu.rim.

ni.da

恭喜您被任命為課長。

오늘 승진에 대해 들었습니다. 진심으로 축하 드립니다.

o.neul/sseung.ji.ne/de*.he*/deu.ro*t.sseum.ni.da//jin.

si.meu.ro/chu.ka/deu.rim.ni.da

今天聽說您升遷了。真心祝賀您。

당신의 승진을 진심으로 축하드립니다.

dang.si.nui/seung.ji.neul/jjin.si.meu.ro/chu.ka.deu.rim.ni.da

真心祝賀您的升遷。

승진되셨다는 소식을 들으니 기쁩니다.

seung.jin.dwe.syo*t.da.neun/so.si.geul/deu.reu.ni/gi.beum.
ni.da

很高興聽到您升遷的消息。

開會

회의 날짜를 알리기 위해 편지를 드립니다.

hwe.ui/nal.jja.reul/al.li.gi/wi.he*/pyo*n.ji.reul/deu.rim.ni.da

來信告知開會日期。

회의에 참석할 수 있는지 알려 주실 수 있으시겠습니까?

hwe.ui.e/cham.so*.kal/ssu/in.neun.ji/al.lyo*/ju.sil/su/i.sseu.
si.get.sseum.ni.ga

可否告知我們您是否方便參加會議。

產品相關詢問

이 제품은 언제쯤 판매 되기를 바랍니까?

i/je.pu.meun/o*n.je.jjeum/pan.me*/dwe.gi.reul/ba.ram.ni.ga

您希望此商品何時上市出售呢？

추천하는 소매가격은 얼마입니까?

chu.cho*n.ha.neun/so.me*.ga.gyo*.geun/o*l.ma.im.ni.ga

你們建議的零售價是多少？

최소 주문량은 얼마입니까?

chwe.so/ju.mul.lyang.eun/o*l.ma.im.ni.ga

最少訂貨量是多少？

낱개 출고도 가능합니까?

nat.ge*/chul.go.do/ga.neung.ham.ni.ga

可以單賣嗎？

지난 번 요청드린 서류는 언제쯤 준비가 되는지요?

ji.nan/bo*n/yo.cho*ng.deu.rin/so*.ryu.neun/o*n.je.jjeum/

jun.bi.ga/dwe.neun.ji.yo

上次向您要求的文件，何時會準備好呢？

저희가 주문했던 123호 배터리를 456번으로 교환할 수 있
을까요?

jo*.hi.ga/ju.mun.he*t.do*n/i.ri.sam.ho/be*.to*.ri.reul/

sa.o.yuk.bo*.neu.ro/gyo.hwan.hal/ssu/i.sseul.ga.yo

請問我們訂購的123號電池可否換成456號電池呢？

超實用的
商業**韓文**
E-mail

비즈니스
한국어
이메일

第三章
金融貿易
用語

金融用語

금융
geu.myung
金融

금융 기관
geu.myung/gi.gwan
金融機關

온라인 뱅킹
ol.la.in/be*ng.king
網路銀行

부동산
bu.dong.san
房地產

경매
gyo*ng.me*
拍賣

이율
i.yul
利率

자금
ja.geum
資金

자본
ja.bon
資本

주식
ju.sik
股票

지폐
ji.pye
紙幣

채권
che*.gwon
債券

담보
dam.bo
擔保／抵押

금리
geum.ni
利息

신용 조합
si.nyong/jo.hap
信用合作社

어음
o*.eum
票據

액면가
e*ng.myo*n.ga
面值

원금
won.geum
本金

호황
ho.hwang
景氣

불황
bul.hwang
不景氣

경기회복
gyo*ng.gi.hwe.bok
景氣回升

경기침체
gyo*ng.gi.chlm.che
景氣停滯

금융위기
geu.myung.wi.gi
金融危機

무역적자
mu.yo*k.jjo*k.jja
貿易赤字

무역흑자
mu.yo*.keuk.jja
貿易盈利

貿易相關動詞

⌒ Track 207

수입하다
su.i.pa.da
進口

수출하다
su.chul.ha.da
出口

거래하다
go*.re*.ha.da
交易

주문하다
ju.mun.ha.da
訂購

교섭하다
gyo.so*.pa.da
交涉

지불하다
ji.bul.ha.da
支付

판매하다
pan.me*.ha.da
銷售

선적하다
so*n.jo*.ka.da
裝船

출하하다
chul.ha.ha.da
寄貨/送貨

할인하다
ha.rin.ha.da
折扣

오퍼 내다
o.po*/ne*.da
報價

반대오퍼 내다
ban.de*.o.po*/ne*.da
還價

貿易相關名詞

🎧 Track 208

무역 관계
mu.yo*k/gwan.gye
貿易關係

무역 협정
mu.yo*k/hyo*p.jjo*ng
貿易協定（trade agreement）

무역 상대국
mu.yo*k/sang.de*.guk
貿易夥伴（trade partner）

무역 수지
mu.yo*k/su.ji
貿易收支／貿易差額

가트
ga.teu
關稅暨貿易總協定（GAD）

세계무역기구
se.gye.mu.yo*k.gi.gu
世界貿易組織（World Trade Organization）

최혜국 대우
chwe.hye.guk/de*.u
最惠國待遇

보상무역
bo.sang.mu.yo*k
補償貿易（compensation trade）

상업송장
sang.o*p.ssong.jang
商業發票（Commercial Invoice）

패킹리스트
pe*.king.ni.seu.teu
裝箱單（packing list）

덤핑
do*m.ping
傾銷（umping）

마케팅
ma.ke.ting
市場銷售（marketing）

독점권
dok.jjo*m.gwon
壟斷權

계약 파기
gye.yak/pa.gi
毀約／解約

개설은행
ge*.so*.reun.he*ng
開證銀行

생산 원가
se*ng.san/won.ga
生產成本

인도가격
in.do.ga.gyo*k
交貨價格

인도조건
in.do.jo.go*n
交貨條件

수입품
su.ip.pum
進口貨

수출품
su.chul.pum
出口貨

출방항
chul.bang.hang
裝貨港

도착항
do.cha.kang
目地港

운송
un.song
運送

수량
su.ryang
數量

주문량
ju.mul.lyang
訂購量

세관
se.gwan
海關

검역
go*.myo*k
檢疫

밀수
mil.su
走私

출하인
chul.ha.in
寄貨人

수하인
su.ha.in
收貨人

판로
pal.lo
銷路

수출신고
su.chul.sin.go
出口報單

신용장
si.nyong.jang
信用狀

세금
se.geum
税金

보험
bo.ho*m
保險

손해
son.he*
損害／損失

주문서
ju.mun.so*
訂貨單

명세서
myo*ng.se.so*
清單

납기일
nap.gi.il
交貨日期

납품기한
nap.pum.gi.han
交貨期限

카탈로그
ka.tal.lo.geu
商品目錄

상표
sang.pyo
商標

포장
po.jang
包裝

카고
ka.go
貨物（cargo）

초과생산
cho.gwa.se*ng.san
生產過剩

수량부족
su.ryang.bu.jok
數量不足

바이어
ba.i.o*
買方／客戶（buyer）

프라이스 리스트
peu.ra.i.seu/ri.seu.teu
價目表（price list）

貿易價格

Track 209

가격
ga.gyo*k
價格

도매가격
do.me*.ga.gyo*k
批發價格

소매가격
so.me*.ga.gyo*k
零售價格

최저가격
chwe.jo*.ga.gyo*k
最低價格

고정가격
go.jo*ng.ga.gyo*k
定價

판매가격
pan.me*.ga.gyo*k
售價

시장가격
si.jang.ga.gyo*k
市價

원가
won.ga
成本價

CIF가격
CIF.ga.gyo*k
到岸價

FOB가격
FOB.ga.gyo*k
離岸價

거래가
go*.re*.ga
成交價

물가
mul.ga
物價

단가
dan.ga
單價

우대 가격
u.de* ga.gyo*k
優惠價

가격을 인상하다
ga.gyo*.geul/in.sang.ha.da
漲價

가격을 인하하다
ga.gyo*.geul/in.ha.ha.da
減價

가격을 협상하다
ga.gyo*.geul/hyo*p.ssang.ha.da
議價

지급 수단
ji.geup/su.dan
支付手段

지불 방식
ji.bul/bang.sik
付款方式

지불 조건
ji.bul/jo.go*n
付款條件

결손금
gyo*l.son.geum
虧損額

청구서
cho*ng.gu.so*
請款單

구매상
gu.me*.sang
購買商

수입상
su.ip.ssang
進口商

銀行

∩ Track 210

정기예금
jo*ng.gi.ye.geum
定期存款

보통예금
bo.tong.ye.geum
活期存款

계좌
gye.jwa
帳戶

계좌 번호
gye.jwa/bo*n.ho
帳號

현금
hyo*n.geum
現金

동전
dong.jo*n
硬幣／銅錢

지폐
ji.pye
鈔票

위조지폐
wi.jo.ji.pye
假鈔

수표
su.pyo
支票

수수료
su.su.ryo
手續費

할부
hal.bu
分期付款

통장
tong.jang
存摺

이자
i.ja
利息

투자
tu.ja
投資

신용카드
si.nyong.ka.deu
信用卡

현금카드
hyo*n.geum.ka.deu
現金卡

비밀번호
bi.mil.bo*n.ho
密碼

이체하다
i.che.ha.da
轉帳

예금하다
ye.geum.ha.da
存款

인출하다
in.chul.ha.da
領款

대출하다
de*.chul.ha.da
貸款

상환하다
sang.hwan.ha.da
償還

송금하다
song.geum.ha.da
匯款

환전하다
hwan.jo*n.ha.da
換錢

兌換

🎧 Track 211

은행
eun.he*ng
銀行

환전소
hwan.jo*n.so
換錢所

환전
hwan.jo*n
換錢

여행자 수표
yo*.he*ng.ja/su.pyo
旅行支票

외환
we.hwan
外幣

환율
hwa.nyul
匯率

원화
won.hwa
韓幣

달러
dal.lo*
美金

엔화
en.hwa
日幣

유로화
yu.ro.hwa
歐元

대만돈
de*.man.don
台幣

인민폐
in.min.pye
人民幣

報價

견적서를 내다
gyo*n.jo*k.sso*.reul/ne*.da
報盤／報價

오퍼를 내다
o.po*.reul/ne*.da
報價

펌 오퍼
po*m/o.po*
實盤（firm offer）

견적가
gyo*n.jo*k.ga
報價

할인하다
ha.rin.ha.da
折扣

흥정하다
heung.jo*ng.ha.da
討價還價

프리 오퍼
peu.ri/o.po*
虛盤（free offer）

카운터 오퍼
ka.un.to*/o.po*
還盤（counter offer）

견적서
gyo*n.jo*k.sso*
估價單

제시가격
je.si.ga.gyo*k
報價

商品銷售

Track 213

판매
pan.me*
銷售

중량
jung.nyang
重量

규격
gyu.gyo*k
規格

내용
ne*.yong
內容

부품
bu.pum
配件

품질
pum.jil
品質

이윤
i.yun
利潤

매출하다
me*.chul.ha.da
賣出／銷售

생산하다
se*ng.san.ha.da
生產

가공하다
ga.gong.ha.da
加工

공급하다
gong.geu.pa.da
供給

검수하다
go*m.su.ha.da
驗收

訂單

🎧 Track 214

주문서
ju.mun.so*
訂單

주문하다
ju.mun.ha.da
訂購

대량주문
de*.ryang.ju.mun
大量訂購

귀주문
gwi.ju.mun
貴訂單

상품번호
sang.pum.bo*n.ho
商品編號

구매자
gu.me*.ja
購買人

판매자
pan.me*.ja
出售人

매수인
me*.su.in
買方

매도인
me*.do.in
賣方

발송일
bal.ssong.il
寄送日期

도착일
do.cha.gil
到達日期

지급기일
ji.geup.gi.il
付款日期（Date of payment）

信用狀

Track 215

신용장
si.nyong.jang
信用狀（Leder of credit）

취소불가능신용장
chwi.so.bul.ga.neung.si.nyong.jang
不可撤銷信用狀

최소가능신용장

chwe.so.ga.neung.si.nyong.jang

可撤銷信用狀

분할가능신용장

bun.hal ga.neung si.nyong.jang

可分割信用狀

분할불능신용장

bun.hal.bul.leung.si.nyong.jang

不可分割信用狀

양도가능신용장

yang.do.ga.neung.si.nyong.jang

可轉讓信用狀

양도불능신용장

yang.do.bul.leung.si.nyong.jang

不可轉讓信用狀

기한부신용장

gi.han.bu.si.nyong.jang

遠期信用狀

동시개설신용장

dong.si.ge*.so*l.si.nyong.jang

背對背信用狀

선지급신용장
so*n.ji.geup.ssi.nyong.jang
預支信用狀

일람불신용장
il.lam.bul.si.nyong.jang
即期信用狀

지불연기신용장
ji.bu.ryo*n.gi.si.nyong.jang
延期付款信用狀

지급은행
ji.geu.beun.he*ng
付款銀行（Paying bank）

매입은행
me*.i.beun.he*ng
議付銀行（Negotiating Bank）

인수은행
in.su.eun.he*ng
承兌銀行（Acceptance bank）

통지은행
tong.ji.eun.he*ng
通知銀行（Notifying Bank）

상환은행
sang.hwa.neun.he*ng
償還銀行

개설은행
ge*.so*.reun.he*ng
開證銀行

유효기간
yu.hyo.gi.gan
有效期

어음수취인
o*.eum.su.chwi.in
受票人

어음발행인
o*.eum.bal.he*ng.in
出票人

어음수익자
o*.eum.su.ik.jja
受款人

환어음
hwa.no*.eum
匯票

전신환
jo*n.sin.hwan
電匯（Telegraphic transfer, T/T）

契約

Track 216

계약서
gye.yak.sso*
合同／契約書

계약금
gye.yak.geum
訂金

원본
won.bon
原本

사본
sa.bon
副本

조항
jo.hang
條款

관례
gwal.lye
慣例

효력
hyo.ryo*k
效力

계약 조항
gye.yak/jo.hang
合同條款

본계약
bon.gye.yak
本合同

계약번호
gye.yak.bo*n.ho
契約編號

유효기간
yu.hyo.gi.gan
有效期限

취소불능
chwi.so.bul.leung
不可撤銷

계약파기
gye.yak.pa.gi
撤銷合同

계약하다
gye.ya.ka.da
簽約

서명하다
so*.myo*ng.ha.da
簽名

실행하다
sil.he*ng.ha.da
執行

이행하다
i.he*ng.ha.da
履行

개정하다
ge*.jo*ng.ha.da
修改

해약하다
he*.ya.ka.da
解約

연기하다
yo*n.gi.ha.da
延期

취소하다
chwi.so.ha.da
取消

부담하다
bu.dam.ha.da
承擔

계약이 성립되다
gye.ya.gi/so*ng.nip.dwe.da
契約生效

계약이 취소하다
gye.ya.gi/chwi.so.ha.da
取消合同

產品

🎧 Track 217

산품
san.pum
產品

상품
sang.pum
商品

제품
je.pum
製品

품질
pum.jil
品質

공장
gong.jang
工廠

규격
gyu.gyo*k
規格

부품
bu.pum
零件

모델명
mo.del.myo*ng
型號

검사하다
go*m.sa.ha.da
檢查

생산하다
se*ng.san.ha.da
生產

제조하다
je.jo.ha.da
製造

정비하다
jo*ng.bi.ha.da
維修／保養

運輸

🎧 Track 218

항공 수송
hang.gong/su.song
空運

해상 수송
he*.sang/su.song
海運

탁송하다
tak.ssong.ha.da
托運

운송하다
un.song.ha.da
運輸

선적항
so*n.jo*.kang
裝貨港

하역항
ha.yo*.kang
卸貨港

컨테이너
ko*n.te.i.no*
集裝箱（container）

손해배상
son.he*.be*.sang
索賠

원산지증명서
won.san.ji.jeung.myo*ng.so*
產地證明書（certificate of origin）

화물
hwa.mul
貨物

선적하다
so*n.jo*.ka.da
裝船

하역하다
ha.yo*.ka.da
裝卸

선적비
so*n.jo*k.bi
裝運費

선적 중량
so*n.jo*k/jung.nyang
裝運重量

선적 통지
so*n.jo*k/tong.ji
裝船通知

선적 서류
so*n.jo*k/so*.ryu
裝運單據

적하 목록
jo*.ka/mong.nok
載貨清單

운임
u.nim
運費

화물선
hwa.mul.so*n
貨船／貨輪

출하
chul.ha
運送／發貨

공하운임
gong.ha.u.nim
空艙費

적재
jo*k.jje*
裝載

체선료
che.so*l.lyo
裝卸誤期費

파손 화물 보상장
pa.son/hwa.mul/bo.sang.jang
賠償保證書

知名企業

애플
e*.peul
蘋果（Apple）

델
del
戴爾（Dell）

마이크로소프트
ma.i.keu.ro.so.peu.teu
微軟（Microsoft）

소니
so.ni
索尼（Sony）

샤프
sya.peu
夏普（SHARP）

후지
hu.ji
富士（Fuji）

필립스
pil.lip.sseu
飛利浦（Philips）

산요
sa.nyo
三洋（Sanyo）

히타치
hi.ta.chi
日立（Hitachi）

에이서
e.i.so*
宏碁（Acer）

아수스
a.su.seu
華碩（ASUS）

홍다국제전자
hong.da.guk.jje.jo*n.ja
宏達國際電子（HTC）

公司／企業

본사
bon.sa
總公司

지사
ji.sa
分公司

계열사
gye.yo*l.sa
子公司

당사
dang.sa
本公司

귀사
gwi.sa
貴公司

기업
gi.o*p
企業

국영기업
gu.gyo*ng.gi.o*p
國營企業

사기업
sa.gi.o*p
私營企業

그룹
geu.rup
集團

회사
hwe.sa
公司

주식 회사
ju.sik/hwe.sa
股份公司

유한 회사
yu.han/hwe.sa
有限公司

職稱

Track 221

회장
hwe.jang
董事長

이사
i.sa
理事／董事

사장
sa.jang
總經理／社長

경리
gyo*ng.ni
經理

매니저
me*.ni.jo*
部門經理

상무
sang.mu
常務

주임
ju.im
主任

비서
bi.so*
祕書

고문
go.mun
顧問

처장
cho*.jang
處長

회계사
hwe.gye.sa
會計

과장
gwa.jang
課長

부장
bu.jang
部長

대리
de*.ri
代理

팀장
tim.jang
隊長

실장
sil.jang
室長

계장
gye.jang
股長

조원
jo.won
組員

공장장
gong.jang.jang
廠長

담당자
dam.dang.ja
負責人

실습생
sil.seup.sse*ng
實習生

직무
jing.mu
職務

직위
ji.gwi
職位

근무처
geun.mu.cho*
工作單位

工作夥伴

Track 222

동료
dong.nyo
同事

상사
sang.sa
上司

부하
bu.ha
部下

선배
so*n.be*
前輩

후배
hu.be*
後輩

베테랑
be.te.rang
老手

신인
si.nin
新人

종업원
jong.o*.bwon
員工

점원
jo*.mwon
店員

직원
ji.gwon
職員

고용주
go.yong.ju
雇主

고용인
go.yong.in
雇員

部門名稱

Track 223

업무부
o*m.mu.bu
業務部

기획부
gi.hwek.bu
企劃部

홍보부
hong.bo.bu
宣傳部

인사부
in.sa.bu
人事部

재무부
je*.mu.bu
財務部

관리부
gwal.li.bu
管理部

기술부
gi.sul.bu
技術部

서무부
so*.mu.bu
庶務部

개발부
ge*.bal.bu
開發部

영업부
yo*ng.o*p.bu
營業部

판매부
pan.me*.bu
銷售部

생산부
se*ng.san.bu
生產部

超實用的E-mail
商業韓文

出勤用語

출근하다
chul.geun.ha.da
上班

퇴근하다
twe.geun.ha.da
下班

근무하다
geun.mu.ha.da
上班／工作

잔업하다
ja.no*.pa.da
加班

지각하다
ji.ga.ka.da
遲到

조퇴하다
jo.twe.ha.da
早退

결근하다
gyo*l.geun.ha.da
缺勤

담당하다
dam.dang.ha.da
負責

접대하다
jo*p.de*.ha.da
接待

방문하다
bang.mun.ha.da
訪問／拜訪

출장 가다
chul.jang/ga.da
出差

근무 중
geun.mu jung
在上班

會議

🎧 Track 225

회의
hwe.ui
開會／會議

본회의
bon.hwe.ui
本次會議

회의실
hwe.ui.sil
會議室

회의 중
hwe.ui/jung
開會中

회의 시간
hwe.ui/si.gan
開會時間

제의하다
je.ui.ha.da
提議

발언하다
ba.ro*n.ha.da
發言

표결하다
pyo.gyo*l.ha.da
表決

지지하다
ji.ji.ha.da
支持

찬성하다
chan.so*ng.ha.da
贊成/贊同

부결하다
bu.gyo*l.ha.da
否決

기권하다
gi.gwon.ha.da
棄權

公司制度

🎧 Track 226

일근
il.geun
日班

야근
ya.geun
夜班

근무 시간
geun.mu/si.gan
工作時間

쉬는 시간
swi.neun/si.gan
休息時間

당직
dang.jik
值班

교대제
gyo.de*.je
輪班制

공휴일
gong.hyu.il
公休日

주휴 2일제
ju.hyu/i.il.je
週休二日

인사이동
in.sa.i.dong
人事調動

월급
wol.geup
月薪

보너스
bo.no*.seu
獎金

퇴직금
twe.jik.geum
退休金

취직하다
chwi.ji.ka.da
就職

응모하다
eung.mo.ha.da
應聘

승진하다
seung.jin.ha.da
升職

전직하다
jo*n.ji.ka.da
轉職

퇴직하다
twe.ji.ka.da
退休

사직하다
sa.ji.ka.da
辭職

해고하다
he*.go.ha.da
解雇

감원하다
ga.mwon.ha.da
裁員

시간제 근무자
si.gan.je/geun.mu.ja
時薪工

파트타임
pa.teu.ta.im
鐘點工

면접 시험
myo*n.jo*p/si.ho*m
面試

이력서
i.ryo*k.sso*
履歷書

公司福利

🎧 Track 227

월급
wol.geup
月薪

보너스
bo.no*.seu
獎金

퇴직금
twe.jik.geum
退休金

급여
geu.byo*
工資

수당
su.dang
津貼

커미션
ko*.mi.syo*n
回扣

연봉
yo*n.bong
年薪

유급 휴가
yu.geup/hyu.ga
帶薪休假

병가
byo*ng.ga
病假

복상 휴가
bok.ssang/hyu.ga
喪假

출산 휴가
chul.san/hyu.ga
產假

육아 휴가
yu.ga/hyu.ga
育兒假

電子郵件

이메일을 체크하다
i.me.i.reul/che.keu.ha.da
查看電子郵件

받는 이
ban.neun/i
收件人

보내는 이
bo.ne*.neun/i
寄件人

메일쓰기
me.il.sseu.gi
寫信

편지지우기
pyo*n.ji.ji.u.gi
刪除郵件

우편함
u.pyo*n.ham
郵件箱

이메일 주소
i.me.il/ju.so
郵件地址

골뱅이
gol.be*ng.i
小老鼠（@）

첨부 파일
cho*m.bu/pa.il
附件

받은 편지함
ba.deun/pyo*n.ji.ham
收件匣

보낸 편지함
bo.ne*n/pyo*n.ji.ham
寄件備份匣

스팸메일
seu.pe*m.me.il
垃圾郵件

永續圖書
線上購物網

www.foreverbooks.com.tw

- ◆ 加入會員即享活動及會員折扣。
- ◆ 每月均有優惠活動，期期不同。
- ◆ 新加入會員三天內訂購書籍不限本數金額，
  即贈送精選書籍一本。（依網站標示為主）

專業圖書發行、書局經銷、圖書出版

永續圖書總代理：
五觀藝術出版社、培育文化、棋茵出版社、達觀出版社、
可道書坊、白橡文化、大拓文化、讀品文化、雅典文化
知音人文化、手藝家出版社、璞珅文化、智學堂文化、語
言鳥文化

活動期內，永續圖書將保留變更或終止該活動之權利及最終決定權。

我的菜韓文
基礎實用篇
　　　　　（50開）

旅遊必備
的韓語一本通
　　　　　（50開）

初學者必備
的日語文法
　　　　　（50開）

不會韓語四十音就不能說韓語嗎？
提供中文發音輔助，讓初學者的你立即講出
一口道地的首爾腔韓語！

你想去韓國旅行嗎？
本書整理出旅遊會話九大主題，入境、住宿、
購物、觀光…不管你是跟團還是自助旅行，
讓你遊韓國更容易。

精選最常用的日語文法，用充實的例句舉一
反三，讓您的日語實力立即升級。

我的菜韓文
生活會話篇
（50開）

終極日文
單字1000
（50開）

無敵英語
1500句生活會話
（48開）

一本在手，讓你立即開口說韓語！
本書提供超強中文發音輔助，即使你還不熟
悉韓語四十音，也能講出一口流利的韓語。

非學不可的一千個日文單字！
精選最常用的日文單字，讓您的日語實力立
即升級。

史上超強實用英文會話文庫！
用最簡單的英文會話，就可以流利的表達。
本書彙整超過一千五百句的生活常用會話語
句，讓您的英文口語能力突飛猛進！

國家圖書館出版品預行編目資料

超實用的商業韓文E-mail ／ 雅典韓研所企編
-- 初版. -- 新北市：雅典文化. 民102.06
面 ； 公分. --（全民學韓語 ；14）
ISBN 978-986-6282-84-3(平裝)
1. 韓語 2. 電子郵件 3. 應用文
803.279　　　　　　　　　　　　　102006644

全民學韓語系列 **14**

超實用的商業韓文E-mail

編著／雅典韓研所
責編／呂欣穎
美術編輯／林于婷
封面設計／劉逸芹

法律顧問：方圓法律事務所／涂成樞律師

總經銷：永續圖書有限公司
永續圖書線上購物網
www.foreverbooks.com.tw

CVS代理／美璟文化有限公司
TEL：（02）2723-9968
FAX：（02）2723-9668

出版日／2013年06月

雅典文化

出版社
22103　新北市汐止區大同路三段194號9樓之1
TEL　（02）8647-3663
FAX　（02）8647-3660

超實用的商業韓文E-mail

雅致風靡　典藏文化

親愛的顧客您好，感謝您購買這本書。即日起，填寫讀者回函卡寄回至本公司，我們每月將抽出一百名回函讀者，寄出精美禮物並享有生日當月購書優惠！想知道更多更即時的消息，歡迎加入"永續圖書粉絲團"您也可以選擇傳真、掃描或用本公司準備的免郵回函寄回，謝謝。

傳真電話：（02）8647-3660　　　電子信箱：yungjiuh@ms45.hinet.net

姓名：		性別：	□男　□女
出生日期：　年　月　日		電話：	
學歷：		職業：	
E-mail：			
地址：□□□			
從何處購買此書：		購買金額：	元
購買本書動機：□封面　□書名　□排版　□內容　□作者　□偶然衝動			
你對本書的意見： 內容：□滿意□尚可□待改進　　編輯：□滿意□尚可□待改進 封面：□滿意□尚可□待改進　　定價：□滿意□尚可□待改進			
其他建議：			

總經銷：永續圖書有限公司

永續圖書線上購物網
www.foreverbooks.com.tw

您可以使用以下方式將回函寄回。

您的回覆，是我們進步的最大動力，謝謝。

① 使用本公司準備的免郵回函寄回。

② 傳真電話：（02）8647-3660

③ 掃描圖檔寄到電子信箱：

　　yungjiuh@ms45.hinet.net

沿此線對折後寄回，謝謝。

廣　告　回　信
基隆郵局登記證
基隆廣字第056號

2 2 1 0 3

 雅典文化事業有限公司　收
新北市汐止區大同路三段194號9樓之1

雅致風靡　　典藏文化